マドンナメイト文庫

未亡人とその娘 孕ませダブル調教

霧野なぐも

目次

contents

未亡人とその娘

孕ませダブル調教

プロローグ

高崎総一郎の葬儀は、なんの滞りもなく執り行われていた。今夜は身内のみでの密葬で、明日に改めて本葬となる。薄い藤色の棺桶に入れられた兄の亡骸を見ても、弟の高崎優二は特に心が痛むでもなかった。

生前兄にはさんざん屈辱を味わわされたからだ。代々高崎家は体育会系で、ひたすら机で教科書と向き合っていた優二に対し、父の血を引きスポーツ万能な総一郎は高慢ちきな罵倒を投げかけたものだった。

成人して互いにいい大人になっても、そのヒエラルキーのようなものは維持されつづけていると、傲慢な兄は思い込んでいるようだった。

(呆気ないな)

そんな兄が交通事故により、四十三歳の若さであっさりとこの世を去ってしまうとは思いもよらなかった。飲酒運転の車に跳ねられた兄の遺体には、それなりの処置がなされていた。

（これじゃあもうシャトルランなんて無理だろうな、いいざまだよ）

優二がそこまで酷薄に、残虐な思いを抱く理由はもうひとつあった。総一郎の妻、美代子（みよこ）の存在である。

母方の親戚の法事で姿を現した、清廉な花のような美人。北の生まれだという彼女は、その雪深い地を思わせる白い頬をほんのり紅く染めながら会釈した。

優二はそれを見て一目で恋に落ちたが、その女は他ならぬ総一郎の妻・美代子だった。

兄は四つ歳下の美しい妻をまるで見せびらかすように振る舞った。昭和の亭主関白を体現するような態度で美代子を従え顎で使う兄に、優二は憎悪を募らせた。失恋の痛みはずっと優二の中にありつづけ、いびつな欲望となって淀んでいた。

セレモニーホールは本葬のために用意されたもので、親戚だけの集まりにはあまりに広すぎた。美代子は喪主として、ぽつんと棺桶の前に佇（たたず）んでいた。

「美代子さん」

優二が声をかけると、美代子が振り返る。その顔は悲しみに暮れ、涙を流した痕が化粧の上からでも見てとれた。しかしそれは、彼女の美しさをなんら損ねるものではなかった。それどころか儚げな美貌を、いっそう高めているようでもある。

「優二さん。今日は本当に……お忙しいなか」

「いや、いや。頭を下げないでくださいよ。むしろこうして兄貴と対面できてよかった。ゆっくり別れが言えて」

優二の言葉を聞いて、喪服の美代子は顔を悲しげに歪めた。淑やかに結い上げられた髪、白い富士額の下のくっきりとした眉がひしゃげる。喉が大きく動く。優二の言葉で、己の夫がすでに亡き人となったことを再び実感したのだろう。

優二はそれを見て愉悦を覚えるのを止められなかった。この美しい女を、悲しみに浸る未亡人を、これからどうしてやろうか。そんな邪悪な気持ちが絶えず脳内で渦巻いた。

「娘さんもいて、これから大変だとは思いますが」

「ええ……汐里はまだ、心ここにあらずで。なにが起きたのか、整理がついていないみたいで」

美代子の言葉で、優二はホールの出入り口付近に佇む制服姿の少女を見た。総一郎と美代子の娘だ。母親の血筋が、すでに十六歳にしてその顔に表れていた。

美代子とお揃いの黒い髪をおさげにまとめて、いまどきの娘にしてはとても可憐な容姿だ。

見た目だけでなく、その性格もまっすぐで純粋だということを優二は知っている。

総一郎の置きみやげというわけだ。それを思うとこの女はやはり兄のものなのだと実感して悔しさがこみ上げてくる。しかしそれをぐっとこらえ、本来の目的のために口を開く。

「電話でもお話ししましたが、今後のことで力になれないかと思っています。身辺整理も、遺品の処分も、それになにより、事故相手との交渉で」

「ええ、優二さんに協力していただけたら、どれだけ心強いか」

優二は都内の外れに自分の名が入った事務所を構える弁護士だ。交通事故の案件はいくつも扱ってきたし、気弱な印象の美代子に代わってさまざまな手続きを引き受けたいとあらかじめ話していた。

「今夜にでもお話ができないかと思っているんです。急ですが、ちょっと今日を逃すと難しくて。明日は本葬で、またごたごたするだろうし」

「今夜……ええ、大丈夫ですが」

「よかった。資料を広げたりもするから、兄……いや、美代子さんのお宅で話ができれば」

「ええ、ぜひいらしてください。汐里も、ただ私と顔をつき合わせているよりも、ずっと気が紛れるでしょうし」

（ああ、やはり美代子さんは俺のものになりたがっている）

優二は自分勝手なことを考えて、にやつきそうになる顔をどうにか抑えた。

この疑うことを知らないあまりに可憐な女。自分の運命をまだ知らない滑稽な美しい花。手折(たお)るのは俺だ。内心舌なめずりしながら、美代子の白い肌、くっきりとした二重瞼、整った鼻筋、血の透き通った唇——あちこちを目に焼きつけるように眺めた。

第一章　遺影前の暴虐

1

仏間となった和室を見て、夫の弟は不思議な顔になった。美代子はその視線を痛ましい思いで受け止めて、改めて夫の遺影に向き直る。

生前、夫自身も気に入っていた快活な笑みを浮かべた写真だ。まさかこれが遺影になってしまうなど彼も想像していなかっただろう。美代子もそうだ。娘の汐里だってそうに違いない。

「こんなことになってしまうなんてね」

（優二さん……本当に悲しんでいる）

顔を合わせる機会こそ少なかったが、夫は五つ歳下の優二のことをよく話題に出した。父にも俺にも似ず偏屈なガリ勉だ。子供の頃は身体が弱かった。大人になってもなよなよしていていけない——そう言ったあと、必ず「だから放っておけなくてな」と笑うのだった。

きっと仲のいい兄弟だったのだ。頼れる兄を急な事故で失った優二の気持ちを思うと、美代子の胸は張り裂けそうになる。自分自身も夫の死に、娘とのこれからに心を痛めているのに、さらにその上から新しい感傷が継ぎ足される。

急拵え（きゅうごしら）えで作られた仏壇に挨拶を終えると、優二はさっそくといった様子で手にしていたビジネスバッグから、何枚かの紙が挟まったファイルを取り出した。

「まだ気持ちの整理がつかないと思いますが……ひとまず交通事故、それも当事者が死亡したケースの法的手続きの順序をわかりやすくまとめてみました」

交通事故——当事者——死亡——法的手続き。優二の事務的な言葉は、美代子の中に不思議な呪文のように響いた。

（総一郎さんは、亡くなった）

その事実が改めて、別の形で美代子にのしかかってくる。

「そんなに難しいことはないですよ。飲酒運転で、十ゼロであちらが悪いんですから。相手もそれを認めているとなれば、あとは毅然としていればいいだけです」

「…………」

「……美代子さん。大丈夫ですか？」

「だ、大丈夫ですわ。ごめんなさい」

ぼうっとする美代子の顔を、優二が心配げに覗き込んでくる。

「無理もないですね。急だったし、美代子さん、喪主なんて初めてでしょう？」

「ええ……少し疲れているのかも」

しっかりしなくては。美代子は自分に言い聞かせるが、本当に明日の本葬まで身も心も保つのか不安だった。

それに葬儀をしてすべてがおしまいではない。優二が言っている事故相手との交渉もそうだし、身辺整理だってしなければならない。胸の中がぐらぐらと揺れた。自分の足元が、不安定な船に乗っているような気分だった。

「心配しないで。僕が美代子さんの力になります。兄貴のかわりにね。短い間でも美代子さんを支えられればと思っていますから」

（総一郎さんの、かわりに……）

それを聞いたとたん、美代子は喉がぐっと詰まったような感覚になる。鼻の奥がつんと痛くなって、目の端から涙が溢れた。

総一郎はもういない。いなくなって初めて、自分がどれだけ彼に支えられていたかを思い知った気分だった。

頼りがいのある、常に男としての矜持に溢れていた夫。それに妻として寄り添う自分、おしゃまだが物わかりがよくて賢い娘。幸せな家族だった。その大黒柱たる夫が突然いなくなり、もう二度と戻ってこないのだ。

「ああ、泣かないで」

そう言って優二が肩に手をかけてきた。

「汐里ちゃんは？」

「自分の部屋にいます。疲れたみたいで、夕飯もいらないと言っていて」

「ふうん……」

ふと、急に優二の声色が変化したような気がした。

「汐里ちゃんの部屋は二階でしたっけ。寝室も二階ですか？」

「え、ええ」

(どうして、そんなことを訊くのかしら)

悲しみに暮れかけた美代子の頭に疑問符がわく。

「二階には、兄貴の書斎もあったかな」

「書斎は……一階の奥です。あの、なにか、気になることでも?」

急に優二の心がわからなくなった。ついさっきまでは親身な、頼れる親戚だったのに。突然冷たい他人に変わってしまったかのようだった。

「美代子さん」

優二はまっすぐ美代子を見つめた。夫とは似ていない、怜悧(れいり)そうな整った顔が、突然漂いだした不穏さをよけいに膨らませていく。

「優二さん……?」

「僕はね、ずっとこのときを待ってたんだ」

「なにを……んんっ」

我が身に降りかかったことを理解するのに時間がかかった。突然優二が、美代子の唇を唇でふさいだのだ。

生温かい感触が唇に触れたと気づき、次に自分の腕ががっちりと掴まれていることに気がつく。

(そんな……優二さん、どうして)

心臓が早い鼓動を奏(かな)でだす。優二の腕も唇も、すぐに離れてはくれなかった。

「はあっ……だ、駄目、やめてっ」

ようやく我に返った美代子は慌てて顔を逸らし、自分を摑む手を振りほどこうと身をよじる。しかし優二は動じない。美代子の両手を押さえつけ、再び唇に唇で触れてきた。

(いやだわ……本当に、優二さんの唇が……)

なにかの間違いではない。優二ははっきりとした意志を持って、自分に触れようとしているのだ。そんなことを今さらになって思い知った気分になる。

しかしそれがなぜなのか、どうして今、自分がこんな目に遭っているのか。美代子の思考が追いつかない。

「美代子さん。ずっとあなたのことを想っていたんだ。あなたが兄貴の隣に良妻の顔で寄り添っているのを見て、僕がどんな気持ちでいたか」

「ああっ! 駄目、駄目」

悲鳴を無視して、優二は美代子に覆い被さった。

2

「優二さん、やめてくださいっ」

美代子の悲痛な叫びなど意にも介さず、優二は美代子の身体を畳の間に押し倒した。すぐさま男の腕が、黒紋付の襟刳りを引っ摑んではだけようとしてくる。

「どうして……どうしてこんなこと」

美代子はいまだに理解できない。さっきまであれほど夫の……彼にとっては兄である者の死に心を痛め、自分に親身になってくれた男が、なぜこんなひどいことをしようとするのか。

しかし抵抗を示した問いに、優二は答えない。ただ美代子の喪服を引き剝がそうと手指を獰猛に動かすだけだった。

（いやッ、本当に脱げてしまうわ）

染め抜いた紋の格調高い和服は、いっさい崩さずに着付けられていた。しかし男の力でもみくちゃにされれば簡単に乱れてしまう。

「ああ、下は襦袢じゃないのか。今ふうだなあ」

「いやあぁっ……」

やがて着物の合わせ目の下から黒いインナースリップが覗くと、優二はからかうように言った。

「式場で喪服の美代子さんを見たときはドキドキしたよ。ああ、俺はこのあと、この人を犯すんだと！」

興奮に駆られたように、優二が下着越しに乳房を摑んだ。豊満な柔肉を堪能するように、五本の指がばらばらに動いて食い込んでくる。

「ああ、いいおっぱいだ。これも好きにしてやりたかったよ……一目見たときからずっとね」

「ゆ、優二さん、あなた……」

いま彼が口にしていることが本音だというのなら、今まで美代子が見てきた高崎優二とはなんだったのだろう。顔を合わせるたびに向けてくれていた人のよさそうな顔の裏で、いつも美代子のことを辱(はずかし)める想像をしていたのだろうか。

（ずっと信じていたのに……）

美代子の頭の中がぐらぐらと揺れた。目の前の現実が真実味を失っていく。

けれども打ちひしがれてばかりもいられなかった。悪魔のような本性を剝き出しにした義弟は、いまこうして美代子に襲いかかっているのだ。

「乳首が見たいなあ。こんなに大きな胸なんだし、経産婦でもあるし、きっと下品に大きい乳輪なんだろうね」

「ひいっ、なんてことを言うのッ」

あまりの物言いに、美代子は一気に首まで真っ赤になった。耳の裏から鼓動が聞こえてきそうなほど血流が速くなり、心臓が早鐘を打つ。

それまで衝撃で麻痺していた羞恥心が急激に動きだす。目の前の男に裸を見られることへの抵抗感がわき起こった。

(見られたくない……見せてはいけないのに……)

優二は伸縮性のないスリップの襟から乳房を引っ張り出そうとしていたようだが、結局諦めて着物の帯に手をかけた。夫の弔事のために身につけた喪服は、欲望にまみれた手で乱されていく。

「駄目ッ、優二さん、お願い、冷静になって。考え直して」

力ではとうてい適わない。だとしたら美代子に残されたのは、情に訴えかけるという方法だけだ。

「今ならまだ、なかったことにできるわ。気が動転していたのだと……私も、忘れます。優二さんも忘れて……ねっ」

美代子の帯留めを解いていた優二は、一瞬手を止めて美代子の顔を凝視した。

美代子は震えながらも、毅然とその瞳を見つめ返した。

(この人が、本当に総一郎さんの弟なのだったら……この私の心が伝わらないはずがないわ)

「ああ……美代子さん。本当にお人好しで世間知らずなんだな」

しかしそんな美代子の希望を、優二はいともたやすく打ち砕いていく。

「あんたがあの男の妻として目の前に現れてから、俺はもう何年もこのときを待ちつづけてたんだ。もう無理だよ、一秒だって待てない」

「ああッ、いやッ」

優二は喪服の帯を引き剝がし、着物もひと思いにめくってしまう。スリップに包まれていない美代子の白い太股や脛(すね)があらわになった。

(いやあっ、こんな下着姿……夫以外の人に見られるなんて)

畳に広がった喪服の上で、無力な美代子は全身を抱(かか)えて縮み上がった。覆い被さってくる義弟を拒まねばという気持ちは、羞恥と恐怖でしぼんでしまう。

下着しか身につけていない己(おのれ)がとにかく心細かった。目を開いて優二を見ることすら勇気が必要だった。

「裸になってもらおうかな。どれどれ」

萎縮する美代子を、優二は愉しげにいたぶっていく。

スリップを無理やり脱がされ、美代子はショーツを残しただけの姿になってしまう。喪服の上からでも存在感を隠しきれなかったたわわなバストが、ついに優二に晒されてしまった。

(私のお乳が……優二さんに見られてしまっている)

「なんだ、想像よりもずっときれいだ……こんなに胸が大きいのに乳輪が小さいんだな。乳首もぜんぜん太ってないし」

「くうぅぅっ……見ないで、お願いします」

優二が言うように、美代子の乳房は豊満だ。Gカップのブラジャーが若干窮屈なほどの双丘の中心に、慎ましいサイズの乳輪が可憐に咲いている。

生前夫もその大きさや柔らかさをよく褒めていた。だが同じことを言われても、相手が違えばただの屈辱だった。

「ここを汐里ちゃんに吸わせて育てたんでしょう? 兄貴にもさんざんしゃぶらせたってわけだ」

娘の名前を出され、挙げ句に夫との行為まで口にされて、美代子の胃の中が羞恥とは別のものでかっと熱くなった。怒りだった。目の前の男に対して憤りがわき起こる。

「なんて……なんてこと言うのッ。優二さん、いい加減に……んんぅっ」

しかしその思いも、力強く乳房を摑まれるとどこかに消えてしまう。

優二の手つきはねちっこかった。下着越しに触れたときよりもずっと勢いよく、執拗に美代子の乳房を味わっている。

(おっぱいの形を楽しむみたいに……この人、弄んでいるわ)

「こんなにいいものを好き放題にしていた兄貴が羨ましいな。死んでくれてせいせいしたよ」

(せいせいした……ですって)

美代子は、義弟から放たれる人でなしの言葉に衝撃を受ける。

「まあ、これからは俺が楽しませてもらうことにするよ。兄貴のかわりにたっぷり揉み込んであげる、このエロいおっぱいをね」

優二の物言いは悪魔のようだった。実の兄の死を喜び、その妻の身体を蹂躙することにみじんも罪悪感を抱いていないようだ。

「ゆ、優二さん、あなたって人は……あゥンッ」

やるせない怒りと悲しみでわなわなと震える声も、また優二の手によって阻まれる。美代子の反抗心を砕くように、乳首を摘んでぎゅっと押しつぶしてくる。

「ふぅん、乳首が弱いんだな」

(いやッ、弱味を見せるわけにはいかないのに)

美代子は必死でこらえるが、優二はにやにやと笑いながら、美代子の胸の尖りをいたぶる。

親指と人差し指で摘んだかと思うと、指に力をこめてちぎれんばかりに引っ張り上げ、そのうえ乳房ごと弄ぶようにフルフルと揺らす。

「痛っ、いや、とれちゃうぅっ」

「痛くないだろう。嘘はよくないな。感じてるんでしょ」

優二の言葉は、ただの戯言ではなかった。乱暴にされているのに、どんどん乳首に血が集まって敏感になっていく。

触れられている場所から、背筋が震えてしまうようなゾワリとした感覚が入り込んでくる。

(どうして……私、おかしくなってしまったの。こんな男の、乱暴な手でいじくり回

されているのに）

夫の総一郎は、ふだんの男らしさを前面に押し出した態度とは裏腹に、寝室ではとことん優しく妻想いだった。粗暴な手つきで美代子に触れたことは一度もない。

この悪魔のような義弟から放たれる暴力的な愛撫は、夫しか男を知らなかった美代子にとって初めての感覚だった。

「ふふ、なんだかんだ言って気分が出てるじゃないか。ねえ、奥さん」

奥さん――優二は露骨に美代子を煽ろうとしていた。そしてその企てに、美代子は簡単に乗ってしまう。

（そうよ、私はあの人の妻なんだから……こんなこと受け入れちゃいけないわ）

たとえすでに亡き者であっても、夫に操（みさお）を立てるのは美代子にとって当然のことだった。

腹の中で決意が固まる。この男を拒む。跳ねのける。

「優二さん、本当によしてッ……これ以上するなら、警察を呼びます」

「おっと。そんな大声を出していいのかな」

決意と共に張り上げた声に、義弟の冷笑が降り注ぐ。

「二階で汐里ちゃんが休んでいるんでしょう？」

汐里のことを言われ、美代子は思わず自分の口元を手で覆った。

（し、汐里。あの子にこんなところを見られたら）

あの繊細な子が。父親が死んで大きなショックを受けている娘が、こんな場面を見てしまったらどう思うか……。

「まあ、美代子さんが見せたいと言うなら見せてあげてもいいか。自分の母親が、父親の遺影の前で犯されてるところをね」

「くうっ……」

この男なら本当にやりかねない——美代子の中で絶望が広がった。

己の屈辱だけならまだいい。でも、汐里に知られてしまうのは耐えられない。警察沙汰にしたり、助けを呼んだりするのもそうだ。どうあっても汐里の耳に入ってしまう。

（そんな……耐えるしかないっていうの。こんな屈辱に）

美代子のくっきりしたアイラインを伝って、涙の雫がこぼれ落ちた。

「わかってくれて嬉しいよ」

美代子の涙を見て、優二は勝手な笑みを浮かべた。

「それにしても、本当にきれいな乳首だな。しゃぶりつきたくなってしまう」

これからされることを理解した美代子は身をよじる。だからといって、目の前の男を止めることなどできない。優二はそのまま美代子の乳首に唇を添わせた。

(ああ、舌が胸の先に触れている……こんな男の、汚い舌が)

ヌルリと生温かい感触に、全身の肌が粟立ってしまう。

「肌の感触もすべすべだ。きめが細かい……吸いついてくるみたいな柔らかさもある。いい身体してるな」

「ああ、くうぅ……やめて、舐めるのは……」

「噛むならいいんですか?」

優二はふざけたことを言って笑っている。

汐里のことを思って、美代子の抵抗の声はさっきよりもずっとか細くなってしまう。その弱々しさにつけ込むように、優二はさらに愛撫を強めていく。

上下の唇で挟んだ乳首を舌で撫でつける。まるで表面のざらざらした感触を、美代子に教え込むような舌遣いだった。

(くうぅ、気持ち悪い。おっぱいが汚されていくみたいだわ)

それも夫より、ずっと粘着質な愛撫をされている。そう思うと美代子はわけがわからなくなる。

夫ならとっくに胸への愛撫を打ち切っている頃合いになっても、優二は執拗に美代子の双丘から手も口も離さない。

だんだんと美代子の頭に、薄ぼんやりした靄（もや）がかかりだした。充血を続ける乳首から、継続的に刺激があって胸の付け根がジンジンする。その痺れが、うっすらと全身に行き渡っていくようだった。

（こんなこと、ずっとされたら……私）

この先にあることを想像しかけて、慌てて我に返る。

（今、私、なにを考えていたの……！）

このままされたら気持ちよくなってしまう……などという、夫への裏切りも甚（はなは）だしいことを。

「い、いや、優二さん、もうやめてッ」

なによりも自分のその思考が恐ろしくなり、美代子は慌てて頭を上げる。すると愉しげに乳房を吸っていた優二と目が合い、思わずびくついてしまう。

「そろそろ胸だけじゃ満足できなくなってきたかな」

「違いますッ。こんなことは、もう……ひううっ」

美代子がむきになったのを見計らったように、優二の手が下腹部に伸びてきた。黒いショーツの上から、美代子の秘められた場所を指でなぞる。

（嫌！　そこだけは嫌。秘密の場所なのッ）

美代子は必死で身をよじる。

「駄目ッ、お願い、そこは本当に……」

「美代子さん。まさか胸をしゃぶっただけで、男が満足するとでも思っているのかな。兄貴がそうだったのかな。まさかね」

優二が小馬鹿にするような目つきと口調になったので、美代子はぐっと唇を噛みしめた。もちろん、この男が胸への愛撫だけで満足するわけがない。

（わかっているわ、そんなこと。あなたが最悪なことを、最後までしようとしているって……）

しかしそれでも懇願せずにはいられない人妻の心の機微を、優二はたやすく無視したわけだ。

「やめて、優二さん……こんなこと、あの人だって悲しみます」

無駄だとわかりながらも、それでも希望を捨てきれない。美代子は義弟の顔をきっと見据えて、必死にすがりつく。

けれども優二はなにがおかしいのか、くつくつと笑う。

「兄貴が悲しむなら、むしろどんどんやらなくちゃ」

邪悪な笑みを浮かべて、優二は美代子の頭の先にある遺影に手を伸ばした。額に入れられた夫の写真を、押し倒された美代子の真横に立てかける。

「優二さん……あなた、なにをッ」

「奥さんが不出来な弟に犯されるところ、しっかり見せてあげないとね」

頭の後ろを殴られたような気分だった。この男は故人を貶(おとし)めるようなことまで平気でする。美代子や総一郎が見たり感じたりしていた人のいい優二は幻だった。どこまでも邪悪な人間なのだ。

「兄貴、義姉(ねえ)さんのオマ×コを今から見せてもらうよ」

「え……ああッ、きゃあああっ」

優二の手が美代子のショーツに伸びたかと思うと、勢いよく引き下げられた。

慌てて足を閉じようとするも、もう遅かった。義弟の手によって美代子の下着は剝ぎ取られ、夫以外の男に見せたことのない陰りが露出してしまった。

（恥ずかしい毛が、外気に触れて……嘘よ、こんな男に見られるなんてっ）

「ああ……こっちは想像どおりだ。濃いめのマン毛が可愛いな」

下劣な物言いに戦慄しながらも陰部を隠そうとしたが、その手を優二の腕が阻んでしまう。

「恥ずかしがらないで、ちゃんと見せてくれないと」

「いや……あああ、し、死んじゃうぅ」

激しい恥辱が美代子を襲う。首から上が火照ったように熱いのに、頭の上からは冷水を注がれているかのようだった。感情についていけずに目眩がする。

けれども優二は容赦がない。震え上がるばかりの美代子の太股を摑み、強引に割り開かせる。そして自分の上半身を足の間に割り込ませ、無遠慮に人妻の股ぐらを覗き込んだ。

「ふふん、毛は濃いけど柔らかいね。その下のオマ×コは……ああ、すごくきれいだ。乳首と同じ色だし、クリもビラビラも全然太ってないじゃないか。これで子供を産んだことがあるだなんて信じられないよ」

優二はまるで検診でもするかのように美代子の秘唇をめくり上げ、好き勝手に言葉でなぶる。

（こんな下品なこと、あの人にも言われたことない……耳がおかしくなりそう）

総一郎はいつも、美代子の下半身に唇を寄せてもただ一言「きれいだよ」と囁くのみだった。

(助けて……助けて、あなた。私、このままでは犯されてしまいます)

思わず美代子の視線は、真横に置かれた遺影に向いてしまう。

「なんだ、兄貴に見てほしいのかな」

優二はそれを自分勝手に解釈してせせら笑う。

「兄貴……ほら、義姉さんのオマ×コ、しゃぶっちゃうよ。兄貴より上手だったらごめんね」

「そんなことっ……あ、あああっ、駄目えぇ」

ついに美代子の秘唇に優二の舌が触れた。まるで唾液をぬるぬると塗りつけるように蠢いて、敏感な粘膜を上下する。

「ん……酸っぱいな。熟成されたチーズみたいな匂いだし、僕好みだよ」

「そんなのっ……う、嬉しくありませんッ」

「どうかなあ。美代子さんのオマ×コは喜んでる気がするけどね」

「自分勝手なことを……ひィッ、ひいぃぃッ」

男の唇が、勢いよくクリトリスに吸いついた。口腔粘膜の中で、肉芽が無遠慮に吸引される。さらには舌がチロチロ蠢いて、敏感な場所を覆う包皮を剝き上げようとしていた。

「ひぐぅっ、ひ、ひぃッ、駄目ぇぇ」

陰核に走った衝撃が、一気に頭まで突き抜けたようだった。

(ああっ、クリトリスを吸われて……身体が言うことを聞かなくなってしまう)

強すぎる刺激に打ちのめされて、美代子は裸身をのけぞらせた。瞼の裏側がチカチカしている。一瞬呼吸すら忘れて、その鋭い快感に包まれる。

「あはは、ビクビクした。やっぱり喜んでるじゃないか。夫の葬式の夜でも、クリにしゃぶりつかれちゃ声が出るんだな」

「くぅっ、優二さん……もうやめて。これ以上私を、辱めないでください」

力なく懇願する未亡人に、邪悪な男はかぶりを振る。

「わかるかな、美代子さん。今ので愛液がぴゅうって出てきた。あなたのここは、もう俺を受け入れる準備をしてるんだ」

「そ、そんなわけは」

美代子は戸惑った。刺すような快感から解放されて全身の感覚をしっかり握りしめれば、確かに自分の股の間は湿っていた。

優二の唾液ではないものが、秘唇の奥を潤わせている。

(どうしてなの……生き恥だわッ。こんな卑劣漢に感じさせられるなんてッ)

卑劣な男に股間をしゃぶられて性感を味わうなど、自分自身が信じられなくなる。急に己のすべてがあやふやになっていく気分だった。

しかし優二は容赦ない。平気な顔で再び美代子の股間に唇をつけ、巧みな舌遣いでまた陰核をねぶりだす。

「優二さん、本当に、もうやめてくださいっ」

「何度も同じことを言わせないでくれるかな。ここまできてやめてもらえるなんて、本当に思っているのかい？」

義弟はにべもない返事をする。美代子の陰核を責めながら、膣口に指をあてがった。

美代子がまともになにか言うよりも早く、義弟の指が膣穴に入り込んできた。二本の指が内側を探るように動き、そして一点を見つけるとそこを指の腹で圧迫してくる。

（駄目ッ、そこを押しちゃいや。そこをされると、私……ああっ）

その膀胱の裏側に位置する、いわゆるＧスポットと言われる部分は美代子の弱点だった。夫以外は知らないはずなのに。

「ここがいいんだな。少し触っただけで穴がギュウッとなったからね」

細かい突起が密生したような感覚を確かめるように、優二の指がざらざらと膣の天井を撫で上げる。

「ひきぃっ、嘘です、私感じてなんかいません」

だが美代子の腹の底からは、ごまかしようもない悦びがわき起こってくる。

(このままじゃ、私……この人によがらされて……)

跳ねつけるべき、卑怯な男に身体が屈してしまいそうになる。

抵抗と恐怖を感じるのに、逃れることができない。意識をしっかり持とうとすればするほど秘処の感覚は鋭利になり、中に埋め込まれた指を強く感じ取ってしまう。

「そろそろいいかな……美代子さん、中に入らせてもらうよ」

「ゆ、優二さんッ! どうかお願い、それだけはよして」

「ふん。意外と物わかりが悪いんだな。ここでわかった、やめます、なんてあるわけないでしょう」

(ああっ、助けて、あなた! 私、犯されてしまいます。あなたの通夜なのに)

すでに亡き夫に内心で助けを求めるが、叶うはずもない。

優二はまるで美代子を脅かすように丁寧にベルトを抜き、ズボンを脱ぎ、そして下着をゆっくり下ろしていきり勃ったペニスを露出させた。

（ひい……なんて大きいの。赤黒くて、醜くて……血管が脈打っていて）

なにからなにまで夫とは違った。

「ほうら、今からあなたを犯す男のものですよ」

ぱんぱんに張りつめた亀頭を美代子の膣前庭にあてがいながら優二が笑う。

「奥さん。義弟のチ×ポがオマ×コの入り口に当たってますよ。なにか言うことはないんですか？」

またもや優二は、美代子を奥さんと呼んで煽る。しかしそれにじたばたと抵抗するだけの気概は、もはや残っていなかった。

「許して……総一郎さん」

口からこぼれたのは、そんな懺悔の言葉だった。同時に涙が溢れる。

優二はニヤリとした。

「ふふん。そう言ってくれる女だから、あなたを好きになったんだ。ぶち犯してやりたいって燃えたんだ」

美代子の涙を踏みにじることを言いながら、優二が腰に力をこめた。

「ああっ……ああああぁあぁあッ」

あっと言う間だった。優二の剛直が、粘膜を掻き分けながら入り込んでくる。たやすく奥の奥まで到達し、美代子の中を支配してしまった。

（入ってるっ、あの人のじゃないオチ×チンが、私をえぐってるッ）

「ふうぅ、指を入れたときも思ったけれど、ずいぶんお行儀のいい穴だな……本当に汐里ちゃんを産んだのかな。養子だったりしませんか。ははは」

優二のあまりな物言いに、歯を食いしばってうめくしかない。それは悔しさからでもあったし、もう一つの感覚を認めないためでもあった。

美代子の膣穴の奥の奥から、侵入してきた熱を心地よく思う感覚がこみ上げてきていた。

（まさか……私、感じてしまっているの？　こんな男のおぞましいもので）

そんなことがあるわけがない……と思おうとするのに、そうすればするほど熱いものが膨れ上がっていく。

「うっくぅ、こんなことって……ああぁッ」

否定したいのにうまく言葉が出てこない。少しでも気を散らすと、官能のこもった声がこぼれてしまう。

「じわじわ愛液が滲んできてる。大きさにも慣れてきてくれたみたいだし、動いても大丈夫そうだ」

「そんなっ、勝手に……あぁぅッ、あっ、あっ、あっ、あぁぁっ」

言葉どおり優二が動きはじめる。短いストロークで腰を前後させ、美代子の狭い肉穴に自分のペニスをなじませようとするかのように出し入れする。

優二の言うとおり、子供をひとり産んだとは思えないほどきつい膣壁が、どんどん押し拡げられていく。

(うあぁっ……いや、いや、あの人よりも……)

そう思いかけて、美代子はハッとした。さっきからずっと、無意識のうちにしていたことがある。夫と優二の肉茎の大きさを比べて、その違いにおののいていたのだ。

「美代子さん……どう、兄貴と比べてさ」

そしてまるで、美代子の心を読んだような問いかけをしてくる。

美代子は屈辱の思いで押し黙った。

(考えちゃいけないことだわ。こんな男のモノの感触なんて、味わっちゃいけないのよ。嫌なの、感じたくないッ)

優二だけではない、まるで自分の考えまでもが亡き夫を凌辱しているようでつらかったのだ。

「ふうん、だんまりか。マグロはあんまり好きじゃないな」

つまらなさそうな顔をした優二が、美代子のクリトリスを二本指でつまみ上げた。まるで罰を与えるように強い力で、秘肉の敏感な場所が引っ張られる。

「あううっ、いやっ、やめてぇ」

「もっと気分を出してくれなくちゃ。つまらないですよ」

勝手なことを言いながら、親指と人差し指でぎゅうぎゅうと肉芽をつねる。何度もつまんでは離して、粘膜を無理やりに充血させようとしている。

「アッひぃっ、お願いぃ、そこはいや、やめてぇ……」

「だったらちゃんと答えてくださいよ。兄貴と比べてどうですか」

「そんなの、言えるわけ……」

「ふうん、沈黙は快感の証拠だと受けとりますよ。兄貴より気持ちいいから本当のことが言えないんだ」

なんて勝手な……と言いかけて、それも負け惜しみのようだと美代子はさらに押し黙ってしまう。

「それじゃあ大きさはどうかな、兄貴より大きい？」

「うくぅっ、そ、それは」

反射的にそう答えて、しまったと思ったときにはもう遅かった。

「あははッ、嘘でも違うって言ってやればいいのに。もう答えを言ったようなものですよ」

（うぅうぅっ、あなた、あなた……どうか許して。今のは違うんです）

美代子は悪魔のような義弟の前で、必死に夫への言い訳を探す。

（総一郎さんが届かなかった場所まで来てしまっている……いやぁっ）

優二の肉茎は総一郎よりもずっと大きかった。その事実が、いっそう美代子を打ちのめす。

「よしよし、素直になれたんだからご褒美をやらないとね。たくさん奥を突いてあげますよ」

優二の動きが変化する。大振りに腰を引き抜いたかと思えば、勢いをつけて奥まで突き込んでくる。まるで本当に、美代子の膣穴を底まで犯そうとしているようだった。

（なんて激しいの。お腹の奥を突かれている。子宮が揺れているっ）

一突きされるたび、美代子の頭の中に奇妙な花が咲き乱れる。今まで人生で経験したただ一人の男、夫との交接では決して届かなかった場所。

摑めそうで摑めない快楽のしっぽを追いかけるような感覚でいた、子宮から響いてくる刺激というものを、いま義弟とのセックスで得ているのだ。

「おぉ、中がうねった。奥に誘い込んでるみたいな動きだ……美代子さん、イキそうなのかな」

「ちっ、違いますっ……あぁっ、そんなわけ……」

（オマ×コが勝手に動いて……私の意思が通じなくなってしまっている……身体が、オマ×コが……子宮が悪いのっ）

だが理由はどうあれ、こんな男に突かれて絶頂するなんてあってはならない。なのにお腹の奥で快感が膨らみつづけている。あと何度か強く突かれたら破裂してしまいそうなほどに。

「いいですよ、美代子さん……いっしょにイキましょう。恋人……いいや、夫婦みたいにね。二人いっしょにね」

「ああ、嫌！　本当に嫌っ、くひぃぃぃいぃぃぃいぃっ」

夫婦みたいに、と言われた瞬間、美代子の両目から涙がぼろぼろと溢れ出した。しかし優二はそれを見て、まるでたまらないものを見たとでも言いたげに舌なめずりするのだ。

「くおおっ、ああ、上がってくるのがわかる……子宮にたっぷりぶっかけてやりますよ、美代子さんっ」

「許して、許して……許してぇッ」

ラストスパートだと言いたげに激しくなった抽送に、美代子の子宮と膣穴がわななないた。女の底に溜まった快感の湖に、何度も何度も波が立つ。

（イキたくない、イキたくないのぉっ）

「くぅ、出すぞ、美代子っ」

「駄目ぇ、駄目……ひぃいいぃいいぃいぃいっ」

膣穴の中で熱い肉塊が蠢いた。先端からねばついた白濁を吐き出しながら、何度も派手な収縮を続ける。

それを感じ取った瞬間、美代子の意識は真っ白になった。濃厚なミルクの海に呑まれたような感覚だった。ドロドロに溶けていく心の中で、絶頂の快楽が深く頭を突き刺した。

（き……き、気持ち、いい……）

満足感が、白く染まりきった美代子に響いてくる。

邪悪にほくそ笑む優二がなにやら手元をいじくり回していることになど気づきようもなかった。

第二章　おぞましき精液浣腸

1

悪い夢でも見ていたのではないかと、美代子はぼんやりと思った。

いや違う。今も自分は夢の中なのだ。夫が不幸な事故で亡くなり、その通夜の晩に義弟に犯されたなど、現実であっていいはずがない。

早く覚醒したい。この残酷な夢から解き放たれるきっかけがほしい。そんなことを考え、そしてやがて我に返る。

(夢じゃ……ないんだわ)

すべて実際に起きたことだ。いま自分は、凌辱された身を引きずって、夫の告別式に喪主として立っている。夢であってほしいと願う反面、それをきちんと理解している自分もちゃんと存在している。

「美代子、美代子」

　聞き覚えのある声に呼ばれ、美代子ははっと我に返る。

　振り向くと、昨晩の密葬にも顔を出してくれた自分の母親が、痛ましい表情で美代子を見つめていた。

「お父さん、やっと落ち着いたわ。また休ませながらだけど、ちゃんと家族みんな参列してるから、しっかりね」

　母より遙かに気の弱い父は、娘の夫が若くして亡くなったという報せを受けるなり体調を崩していた。

「お義母さんたちとも挨拶してくるからね。美代子、あとでなんでも聞いてあげる。抱きしめてあげる。だから今だけ、頑張って」

「ええ、大丈夫。お母さん、ありがとう」

(お父さんにもお母さんにも心配をかけるわけにはいかない)

　遠くへ離れていく母の背を見送りながらそう思った。

　商用車の販売メーカーに勤め、それなりのポストを得ていた夫の職場の人間を主とした参列者は絶えず続く。美代子は彼らの前で平静を保たねばならなかった。

そのためには今は、自分を辱めた優二のことは意識の外に置くしかなかった。夫でない男に貫かれ、さんざん言葉でなぶられ、さらには快感を味わってしまったことなど、真面目に考えると叫びだしてしまいそうだった。

今も優二は親族の列にいて、なに食わぬ顔で着席している。

昨晩彼に犯されたあとのことを、美代子ははっきりとは思い出せない。ただ、いつの間にか優二の姿は消えていた。

けれども乱れた喪服、太股にこびりついた白濁の痕、美代子が汚されたという証拠は生々しく肉体に残っていた。ただただ信じられない気持ちだったのだろう。気づけば気絶するように寝室で眠り、目を覚ますと朝だった。

「お母さん、大丈夫なの？」

隣に立った汐里が美代子を心配げに見上げていることにふと気づいた。

「だ、大丈夫よ。ごめんね、ちょっとぼうっとしちゃって」

「本当に平気？　休んでたら？　参列の人は、私が」

その言葉に美代子は胸を痛める。まだこんな子供の娘に気を遣わせてしまっている。

「平気よ。お父さんのこと、ちゃんと見送ってあげなくちゃね」

無理に作った笑顔でそう言うと、今度は逆に汐里が悲しげな表情になった。しまった、と美代子は思う。父が死んだのだという事実を、突きつけるかたちになってしまったのかもしれない。

「そうだよね。私たちがしっかりしてないと、お父さん安心できないもんね」

（ああ、汐里……）

我が娘の健気さに、美代子はさらに心苦しくなる。天真爛漫な娘をこんな状況に置かせてしまったことがつらかった。同時に夫が亡くなる原因を作った飲酒運転の男への怒りも、それに遅れてやってきた。

感情が負のほうに傾くと、自然と優二のことも思い出されてしまう。

夫の死に対して暗い喜びをあらわにしていた、あの悪魔のような姿。自分を引き裂いた容赦のない男の手。優二に対しては、怒りよりも憎しみのほうが強かった。ただ怒って、わめき散らせば気が済むような感情ではない。胸の奥に棘のように突き刺さって抜けなかった。

しかし同時に、あの男に対して本能的に恐怖も抱いていた。あれだけのことをしておきながら、平然と告別式に顔を出す厚顔無恥さ。今朝も美代子と汐里を前にして、お悔やみ申し上げますなどと、みじんも思っていなさそうなことを平気で口にしてみせた。美代子は氷を抱いたように、体の芯から冷えたのに。

（いったい、なにを考えているの……）

やがてホール内に人が集まり、美代子も汐里も棺の前に着席した。

美代子から数メートルも離れていないところに優二の姿がある。そう思うと美代子は、恐怖からか憎しみからか、手が震えてくるのを感じる。

「……お母さん？」

目敏(めざと)い汐里は、そんな母の異変にすぐに気がついてしまう。

「大丈夫よ」

お父さんとの別れが悲しいだけよ――そんな含みを持たせて小声で答える。

（汐里には……知られないようにしないと）

ただでさえ父親が亡くなってショックだろうに、自分が父の弟に犯されたことなど、絶対に悟られるわけにはいかないのだ。

2

告別式が開かれ、総一郎の遺体は出棺された。

多くの参列者の前で気丈に振る舞わねばと思っていた美代子だったが、夫の亡骸に話しかける人々の姿を見てこらえきれずに涙を流してしまった。

式はまだ続くので、崩れた化粧を手洗い場で整えていた。

この式場は、ホールこそ新しく改装されているものの設備が古い。火葬に二時間ほど要するという。式次第ではこの時間を利用して昼食をすませることになっていた。

（きちんと食べないと、身が保(も)たないわ）

食欲などなかった。具合がいいのか、悪いのかもわからない。けれども自分は喪主だ。最後まで式をやりきらねばならない。汐里だって心配するだろう。

「あっ……」

決意して化粧室の扉を開けた瞬間、美代子は硬直した。

「美代子さん。昨日はどうも」

扉の前に優二が立っていたのだ。ゆうべのことが嘘のような、朗(ほが)らかな笑顔で。

美代子の中でさまざまな感情が折り重なる。その結果、目の前の男にどう対応したらいいのかわからなくなってしまった。

「参列者が多いですね。さすが外資系の大きな会社って感じだ」

「あ、あなた」

「まあこれだけ盛大に見送ってもらえれば、兄貴も満足でしょうよ」

言いながら優二は、小さく震える美代子の腕を摑んだ。

「は、離してっ」

反射的に美代子はそれを跳ねのけようとする。しかし義弟は執念深かった。腕を摑んだままぐいっと身体を近づけてくる。

美代子があとずされば、それを追いかけるようにまた一歩近づく。

「ちょっと話したいことがあるんだ。二人きりで」

優二は美代子を摑んだまま、もう片方の手で男女共用の古ぼけた化粧室の扉を押し開けた。

(駄目よ、この男と人目につかないところへなんて。きっと昨日と同じことを)

そう考えかけて、しかしここは人が大勢いる葬儀場だということも思い出す。

まさかこんな場所で、自分を辱めるというのだろうか。そう思って一瞬抵抗が緩まったのを、狡猾な優二が見逃すはずもなかった。

そのまま美代子を化粧室に押し込んで扉を閉じてしまうと、ポケットから自分のスマートフォンを取り出した。

「見てほしいものがあるんだ」

そう言って画面を美代子の顔に向ける。端末に映されたその写真を見て、美代子は頭に血が昇った。

「よく撮れているでしょう。最近はスマホのカメラも馬鹿にできない」

畳の上に倒れ込む自分。乱れた喪服の上で乳房も陰毛も晒し、ぐったりと足を開いて虚空を見つめる顔。

間違いなく、昨晩優二に凌辱されたあとの美代子だった。

（どうして、いつの間にこんな写真っ）

「美代子さんは、ずいぶん満足してくれたみたいでぼうっとしてたからね。その隙に記念撮影しました」

「そんな！」

深くは考えられなかった。ただ衝撃と、これをこの男の手に預けておくわけにはいかないという気持ちで、スマートフォンを奪うように手を伸ばした。

「おっと」

しかし美代子よりもずっと背の高い優二が腕を上げてしまえば、美代子には届かなくなる。それでも必死に手を伸ばしていると、優二はくつくつと笑った。

「これだけ俺から奪って、データを消去しても駄目ですよ」

「どういうことなのっ」

「スマホって便利だとつくづく思うよ。アプリで簡単に、パソコンとデータが同期できるからね」

機械にうとい美代子はピンとこなかったが、それでも優二の言わんとしていることは理解できた。すでに他の場所にも写真を保存しているということだろう。

胸の中で絶望が渦巻く。いったいこの義弟は、どこまで邪悪なのだろう。

「参列した連中がこれを見たら驚くだろうな。シャンとした顔で立ってる奥様が、通夜の晩に喪服姿でこんなに乱れたとあっちゃね」

「それは……それは、あなたがッ」

「ええ、俺のせいですとも。でも、写真を見た人全員がそう思ってくれるかはわからないなぁ」

手を伸ばすことを諦めた美代子をじっと見つめながら、優二は余裕の手つきでスマートフォンをポケットにしまい込む。

「兄貴の面目も丸潰れになります。まさか自分が死んですぐに奥さんが弟と浮気してるだなんてね」

美代子は悔しさで唇を噛む。

（どうして私は、こんな卑劣な人にいいようにされてしまうの）

「ま、俺も鬼じゃないですから。写真をバラ撒くのは最後の手段ですよ」

優二は再び美代子の腕を摑んだ。そこで美代子は、自分が手に汗をかいていることに気がついた。目の前の男は涼しげな顔をしているのに。

「美代子さんが素直になってくれれば、これは俺だけのお楽しみってことにしておいてあげますよ」

「す、素直に……」

優二はにやりと口角を吊り上げた。

「ああ、そうだ……」

もったいぶって悩むような仕草を見せてから、美代子の顎をぐいっと摑む。

「キスしましょう、美代子さん。ゆうべはせわしなかったから、改めて」

「そんなこと……んんッ」

美代子が抵抗しようとしたときにはもう遅かった。優二は美代子にぐっと身体を寄せ、そのまま自分の唇を美代子のそれに押しつけた。

「んんっ、んんんうぅぅーっ……」

（入ってきてしまう。私の口の中に、卑劣男の舌が）

唇や歯列をがっちりと閉じて舌の侵入を阻みながら、優二の胸板を必死に腕で押し返す。けれどもそんな美代子の抵抗を、優二はものともしない。

何度も何度も唇をぶつけては、ざらついた舌で美代子の口を舐めていく。

「んはっ……嫌っ、ここを、どこだと思って……」

「そんなつれないことを言わないで。せっかく俺と美代子さんのキスなのに。傷ついちゃうな」

ここが葬儀場で、いま兄の遺体が焼かれていることなど、目の前の義弟はなんとも思っていないようだった。

「もっといやらしいキスがしたいな。うんと舌を絡め合ってさ。恋人みたいに見つめ合いながら」

「そんなこと……できるわけ……」

「美代子さん、案外忘れっぽいのかなあ」

優二はわざとらしく己のポケットに手をやった。その仕草で美代子は、撮られてしまった自分の痴態を思い出す。

（そんな……どうすればいいの……）

拒むことができない。言うことを聞かなければあの写真をバラ撒く。この男はそう脅迫しているのだ。

「理解してくれたかな。さ、もう一回」

再び義弟と唇が重なる。今度はすぐに、薄く開いていた歯列から舌が入り込んできた。美代子の舌も、上顎も歯茎も、優二は遠慮なく舐め回す。

(あぁっ、ぬめぬめした熱い舌が……私の口をほじっている。嫌っ)

その感触のおぞましさに全身を粟立たせながらも、脅されている美代子は拒むこと
ができない。口惜しさで頬に涙がこぼれてしまう。

「泣かないで、美代子さん」

唇を離すと、優二は自分のしていることに頓着しない口調で言う。

「キスくらいで泣かれちゃね。ほら、ここ。触ってみてくださいよ」

優二が美代子の手を己の股間に運ぶ。

(勃起している……なんておぞましいの。スラックスの上からでもわかる)

昨夜の出来事を思い出し、美代子は身震いする。

「これじゃあ骨上げに行けないよ。美代子さんのせいなんだから、きちんと処理して
もらわないとね」

「そんな……どうすれば……」

美代子が震えながら言うと、優二はにやついたまま手洗いの個室の扉を開く。そこにすっかり萎縮した美代子を押し込んで、自分も入ってくる。

「咥えろ。うまくできればここで犯すのだけは許してやる」

居丈高(いたけだか)にそう言いきって、冷たい瞳で美代子を見下ろす。

(助けて……助けてあなた、総一郎さん!)

逃げ場はどこにもない。夫はすでに灰になりかけているのだ。美代子を助けてくれる者は誰もいなかった。

うつむいた美代子に抵抗の意志が見られないことに満足したのか、優二がズボンのベルトを外す。

「あ……ああっ……」

そして忘れようもない、昨日美代子を奥まで貫いた剛直がさらけ出された。

(私、これで辱められて……なんて醜いの、赤黒くて……こんなものが、中に入ったっていうの?)

眼前に突きつけられて、自分がこれに犯されたのだという悪夢じみた現実が蘇(よみがえ)ってくる。

「さ、早く。まさかやり方がわからないなんて言わないでしょう?」

美代子は怯えながらも、目の前の男のペニスに唇を近づけた。

(ヒクヒクしてる……透明なおツユまで出て……こんなの舐めたくない。口の中が汚れてしまう……でも)

「ん……んむ……」

決意して亀頭に唇をつけると、優二の口から悦びの声があがった。

「こっちとは初キスだ。美代子さんの唇、温かいよ」

羞恥心を煽るような言葉遣いに聞こえないふりをしながら、美代子は仕方なく舌を突き出して彼の肉茎を舐め上げた。ぱんぱんに張りつめた鈴口を、唾液で濡らしていく。

(こんなの嫌です……ああ、お願い、早く終わって)

しかし奉仕を終わらせるためには、こうしておそるおそる舌を使っていても仕方ないというのを理解していた。

(したくないのに。こんな男のオチ×チン、舐めたくなんてないのに)

決意を固め、両手で優二のペニスの根元をぐっと掴む。そうしてねらいを定めてから、ゆっくりと亀頭を口に含んだ。汗と先走り汁の匂いが鼻まで届いた。

「おお、大胆だなあ。そうそう、口の中でペロペロして」

彼に言われるまでもない。上下の唇で亀頭からカリ首のくびれまでをしごきながら、舌で裏筋を擦っていく。

（この人を満足させればいいんだもの。今だけなにも感じないようにして……早く終わらせてしまえばいいんだわ）

この瞬間だけ羞恥心を捨てる。娼婦のような気分で愛撫をする。ここで優二を満足させれば、それ以上のことはしないと言ってきている。

美代子はそう自分に言い聞かせ、懸命に舌を使った。

（表面が湿ってきたわ……このまま手も使っていけば）

唾液の滑りを利用して、添えた指も動かしはじめる。

「上手（じょうず）だよ、美代子さん。兄貴にもいつもこんなふうにしてやってたのかな」

夫のことを話題にされて、美代子の全身がこわばる。

口唇で奉仕することはあった。うぶだった美代子がここまで技巧を身につけたのも、夫と何度も肌を重ねて教えられたからだ。しかしそれを優二に言う気にはなれない。

「あぁ、いいなぁ。兄貴はこんなにエロいフェラチオを毎晩されてたんだな」

美代子の沈黙を確認して、優二はさらに露骨なことを口にする。

「いや、さすがに毎晩はないか。汐里ちゃんもいるし。やっぱり子供ができると、夫婦の営みの回数って減ったりしますか」

「うむぅぅっ……うぐぅっ」

「ね、ほら。ちょっと口を離して教えてくださいよ」

「あふっ……」

一秒でも早く奉仕を終わらせたい美代子を焦らすように、優二がペニスを唇から引き抜いてしまう。

「どうだったの、兄貴との夜のほうは」

亀頭を美代子の頬に押しつけて、ぐりぐりと弄ぶ。

(教えられるわけないいじゃないっ。こんな男に、夫婦の営みのことなんて)

「もしかしてずっとセックスレスだったのかなぁ。だとしたらゆうべの美代子さんの乱れっぷりも納得がいくな。久しぶりの男に大喜びだったわけだ」

「な……ち、違いますっ」

美代子が耐えかねて声をあげると、優二はニヤリと唇を歪めた。

「どう違うのかな？」

「あの人とは……ずっと……ずっと……」

総一郎とは定期的に身体を重ねていた。それは汐里が産まれてからも変わらなかった。汐里に弟か妹を作ってあげたいと張りきっていた頃もあったが、それは実を結ばなかった。

「ずっと……ちゃんと、してましたからッ」

思わず言いきってしまった言葉に覆い被さるように、高笑いの声が降ってきた。美代子は頬が熱くなるのを感じて、くらりと目眩を覚える。

「そうかそうか、ふふふ。それじゃあ兄貴にしてたみたいにしてくださいよ。旦那様仕込みのフェラチオテクニックでイカせてほしいなぁ」

「く……うぅぅっ」

恥辱にまみれながらも、再び義弟のペニスを口に含む。

さっきよりも力をこめてしごき、唇と舌による吸いつきも激しくする。こんな卑劣漢のものをずっとしゃぶっていたくなかった。早く射精させてしまいたい。

(もう嫌……顎が外れてしまいそう……なんて大きいの)

夫にしていたのと同じ行為だとはいえ、ものの大きさがまるで違う。優二のペニスを咥えていると、慣れない太さに顎の付け根が痺れるような感覚になる。

「ああ、気持ちいい。でもそんなに激しくしちゃっていいのかな。お化粧が崩れちゃうよ」

勝手なことを言いながら、優二は美代子の下唇から垂れかかっていた唾液をすくい取る。その泡立った液体のついた指を、べたりときめの細かい頬になすりつけた。

「んぶふっ……ひゃ、なにをっ」

自分から奉仕を命じておきながら、邪魔のようなことばかりする。この男の考えていることがわからなくなり、美代子は息も絶えだえに混乱した。

「ううん、やっぱり口じゃ射精できそうにないな」

「あなたがしろと言ったのでしょうッ」

「いつも遅漏気味で、フェラじゃイケないことが多いんですよ。美代子さんなら大丈夫かなと思ったんだけど」

やはりこの男は悪魔だ。自分で提示した条件すらも守らない。絶望に顔が歪む美代子の身体を乱暴に抱き寄せ、服を乱そうとまさぐってくる。

「この……この、卑怯者ッ」

美代子は悔しさのあまりに涙を流しながら吼(ほ)えたが、優二はものともしない。

3

「あなたほどひどい……卑劣な人を、私は知りません……」

さっきと同じようにトイレの個室の中だが、二人の立ち位置が入れ替わっていた。美代子は扉に手をつき、アンサンブルの喪服の裾を捲り上げられて尻を剝き出しにしている。みずみずしい果物のような美しい双臀を小刻みに震わせながら差し出すことしかできない。抵抗は無意味だった。

「胸だけじゃなくて尻もいいですね。美代子さん、最高の身体ですよ」

優二は美代子に恨み言をこぼされようがまったく堪えない様子で、楽しげに豊満な尻を撫で回した。

(品定めされているんだわ、こんな男に……ああ、触らないで。おぞましい)

「下着もちゃあんと喪に服してるんだから、感心ですよ」

美代子の足から抜き取った黒無地のショーツを、馬鹿げたことに片手にはめながら言う。

「でも今度はもっとセクシーな黒パンツを穿いてほしいなぁ。贈ったら着けてくれますか？」

「な、なにを言っているの……」

まるで恋人に囁くように言う義弟の心が理解できない。

「ずっとあなたを想っていたんだ。でも、兄貴に邪魔されていたからね。それがいま互いに合意のうえでセックスできるんだから舞い上がっちゃいますよ」

（合意ですって。あなたが私を脅しているのにっ）

美代子はぐっと歯を噛むが、その反抗心を口にはしなかった。

もうこうなれば、どうあっても犯されてしまう。だったら変に抵抗して彼を煽ったりせず、諦めて受け流してしまいたかった。

「むちむちしたいやらしいお尻だ……おや」

尻の割れ目を指先でなぞるようにしていた優二が、わざとらしい声をあげる。

「美代子さん、少し濡れてる」

優二が尻たぶを左右に割り開く。つられるかたちで大陰唇が開き、その瞬間ににちゃりと粘っこい音が響いた。

（どうしてっ）

「これは驚いたな。まさかあれだけ卑怯者だのって言っておきながら、俺のをしゃぶって興奮したんですか」

「そんなわけっ……ない、ないですッ」

さっきの口唇奉仕で得たのは苦痛だけだ。快感や高揚などなかった。秘唇が湿る実感もなかったはずだ。

「いやいや、濡れてますよ。ほら、音が聞こえるでしょう」

「んんっ……触らないで……」

優二の指が美代子の秘めたクレヴァスに伸びる。その瞬間にまた皮膚と粘膜が触れて、くちゅりと水の音が響くのが美代子にも聞こえた。

(本当に濡れているわ……どうしてしまったの。アソコの内側がぬるぬるに……)

信じられない、信じたくない。けれど現実に秘唇は濡れている。美代子はどうにか自分の中で理屈をこねる。

(あの人にご奉仕するのを、思い出したから？　身体が勝手に、男の人を受け入れる準備をしてしまったの……？)

そうとしか思えなかった。

しかしそれは、自分の肉体が愛しい亡夫と憎むべき義弟を同一視してしまっているということに他ならない。

（そんなの嫌よっ。認めたくないっ）

「昨日も見たけど、本当にきれいなオマ×コですよ。子持ちの女だとは思えないなぁ、ここから汐里ちゃんを産んだなんてね」

「くぅっ……下品なこと、言わないで」

美代子の屈辱を増幅させるように、また優二の軽口が始まる。

「美代子さんが俺を下品にさせるんだ。こんなにでかい尻の真ん中でピンク色のオマ×コを濡らして、誘ってるんでしょ」

「あぁッ」

悔しさで歯ぎしりするが、人差し指が勢いをつけて、突然根元まで入り込んできた衝撃に声をあげてしまう。

（嫌……入ってくる、優二さんの指が……割れ目を掻き分けて）

たとえ指一本とはいえ、こんなにスムーズに受け入れてしまえたことがショックだった。秘めた場所を濡らしているという事実を、言葉よりも雄弁に突きつけられている気分だった。

「昨日はあのあとお風呂に入ったのかな。中に俺の精液が残ってないかな」

「そんなの、残っているわけないでしょうっ」

早朝に痕跡を消すために入浴したが、優二はそんなことは知らない。指の腹を上にして、中を掻き出すように手首を前後させだした。

（あぁ嫌ぁ……私の膣穴が探られている）

「確かに残ってないな。また注いであげなくちゃいけないな」

身の毛がよだつようなことを言いながら指を引き抜き、優二は再び美代子の湿った割れ目をなぞりあげる。

「昨日はここを舐められて、そうとうよがってたよなぁ」

指先が秘唇の頂点で尖るクリトリスにたどり着き、包皮からわずかに顔を出した肉芽を慈(いつく)しむように撫でてくる。

（か、感じてしまうッ、敏感な場所なんだものッ）

「んふふ、感じちゃうのもわかりますよ。女性のここは、男のチ×ポとルーツが同じらしいですから。亀頭みたいなもんです」

愉しげに笑いながら、優二の手つきが加速する。膣口から愛液をすくい取るようにして、クリトリスに塗りつけていじり倒す。

「あぁあんっ、いやっ、嫌なの、あぁぁっ」

ここが葬儀場であることも、トイレを出てほんの数メートル歩いた先には親戚や、亡夫の会社の同僚たちがいることも一瞬忘れてしまう。それだけ肉粒をいじられることによる快感は鋭く強烈で、美代子の頭の中を白く染めていく。

(駄目よ……あの人を見送っている最中なのよっ)

しかし美代子はすぐに正気に戻る。こみ上げてくる快感を、歯を食いしばって身体の外に逃がそうとする。

「そうそう、いい子ですよ、美代子さん。あんまりデカい声で喘いだら他の人に聞こえちゃいますからね」

そんな美代子の煩悶(はんもん)を見透かしたように優二があざ笑う。

「喪主の未亡人が、夫の弟にクリチ×ポをいじられて感じてるなんて、絶対に知られちゃいけませんからね。喘ぎ声は自重してくださいよ」

(どうしてそんな、恥ずかしいことを次々と言えるの。私をどこまで辱めるの)

美代子の中に恥辱と苦痛が蓄積されていく。

「それにしてもますます濡れてきたな。気持ちいい?　美代子さん」

ぬめる粘膜を掻き分け、優二の指がクリトリスをつまみ上げる。そのまままるで小さいペニスをしごくように、指を前後させだした。

「くひぃぃんっ……ひあっ、あっ、強すぎるぅっ」

陰核から入って頭を突き刺すような快感に、内股をすり寄せて悶えてしまう。

感じてはいけない、この男の言いなりになってはいけないと思うのに、肉体は強い刺激に屈してしまいそうになる。

(どうすればいいの……あなた、あなたっ。感じたくないの。助けてっ)

心の中で悲痛な叫びをあげる。しかしそれが届きようもないのは、美代子が誰よりも知っていた。

「美代子さんはお尻の穴もいやらしい形をしてるな。ヒクヒクしてますよ」

肉粒を思うさま虐めながら、優二はもう片方の手を尻の窄まりに添えた。

(ひぃっ、指がお尻の皺を撫でて……鳥肌が立ちそう)

「昨日はちょこっと見えただけだったからな。こうして後ろから眺めるといいアナルだ。色素沈着もほとんどない、オマ×コみたいなケツの穴だ」

「嫌ぁ……お願いです、辱めないで。いやらしいことを言わないで」

「しかもシワのところにホクロがあるじゃないですか。すごいな、男を誘うためにあるみたいだ」

美代子の顔面が、今までの比ではないほどに熱くなった。

(言われたことがあるわ、あの人にも……エッチな場所にホクロがあるって)

自分では確かめようのない部位なこともありひどく恥ずかしかったが、夫はそれを可愛いと言って、軽く口づけをすることもあった。

「知ってます？　これ、スケベな人にしかできないんですよ」

いわばこれは美代子と夫しか知らない秘密だったのだ。それを義弟に知られ、下劣に揶揄されることの恥辱といったらなかった。

「当然、兄貴はこれも知ってたわけか」

優二は聞こえよがしに舌打ちをする。

「ああ、羨ましいな。スケベボクロのある奥さんの尻を眺めながら突きたい放題か。憎たらしいな。死んでくれてせいせいしたよ」

「そんなことッ」

総一郎の死をあざ笑われるのは、美代子にとって我慢ならないことだった。

「優二さん、おねがい。あの人のことをそんなふうに言わないでッ」

涙声で勢いづく美代子を、優二は醒めた瞳で眇める。

「へえ、夫を悪く言われるのは嫌か。いいですね、一途な奥さんらしい。そんな人だから俺も意地悪したくなるんだ」

突然肛門に、優二の人差し指がめり込んできた。きつい穴をこじ開け、第二関節程度まで無理やり挿入されてしまう。

「やっぱりきついな……指が食いちぎられそうだ」

「あぐぅっ、指が……なにを考えているのですかっ、お尻なんて！」

こんな場所まで蹂躙されるなんて信じられない。ただ犯されるだけでも耐えがたいのに、誰にも触れられたことのない尻穴まで弄ばれるなどたまったものではない。

「いや、嫉妬しちゃったんだよね。兄貴はもう美代子さんのあちこちを知っててさ、子供まで産ませて。悔しくなっちゃったよ」

自分勝手なことを言いながらも優二が指を引き抜いたので、美代子はそっと安堵の息を吐く。

「だったら兄貴の知らない場所を俺のものにさせてもらうしかないじゃないか」

しかし美代子の安堵は長くは続かなかった。優二は美代子の膣穴に指を乱暴に突き入れ、皮膚を愛液まみれにしてから再び肛門に指をねじ込んだ。

「あはあぁっッ、嫌、あっ、お尻はッ」

愛液の滑り(ぬめ)りがあったぶん、さっきよりもスムーズに入ってしまう。

骨ばった人差し指を根元まで挿入して、美代子に息をつかせるまもなくぐにぐにと動かしはじめた。

（い、いや……変だわ、こんな感覚……排泄のときみたい、息苦しい）

優二の指が突き込まれるたびにゾワゾワと震え、引き抜かれるとどこか安心しながら、同時にまた入ってくるのではないかと怯える。

「さすがにアナルは初めてでしょう？　美代子さんの初体験がほしいんだ」

「うくぅっ、く、くふぅっ……」

「初めてかって聞いてるんだ」

「あ……あぁぅッ」

パァンッと、美代子の尻が勢いよく弾けた。優二が容赦なく平手打ちを浴びせたのだ。派手な音から少し遅れて、痺れるような痛みが襲いかかってくる。

（私……私、どうなってしまうの。どうして、こんなことに）

尻穴を指で拡げられ、まるで幼い子にするように尻を叩かれ……なぜ自分がこんな目に遭っているかわからず、美代子の思考は迷子になる。

「もう一度叩かれたいか」

「ひいっ、初めて、初めてです」

優二の冷徹な口調に怯え、美代子は口にしてしまう。いま義弟がいじっている穴は、夫が手をつけたことのない場所だ。

「最初からそう言えばいいんだ。美代子さんがいい子にしてれば、俺も意味もなく痛いことはしないよ」

言いながら優二は、赤く腫れ上がる尻たぶを撫でた。その手つきはおぞましいものとして美代子の身体の内部に響いていく。

「それにしても本当に初めてなんだな。興奮するなぁ、悪いね、兄貴」

「うぅっ……あの人のことは……あぁッ」

優二の指が再び動きだす。さっきの前後運動から変化して、美代子の腸壁を探り、なぞるように蠢いている。

(気色悪いわ、肛門が拡げられて……あぁぁうッ)

最初は手のひらを上にしていた優二が手首をひねり、膣穴に面した場所を擦るように指を動かしはじめたとたん、美代子の中に未知の感覚が広がった。

膣穴の感じる場所を、裏側からなぞられているようだった。

「優二さん！　嫌です、やめてくださいっ」

このままこうして菊門をいじられつづけたら、自分はやがておかしくなってしまう。そんな恐怖から優二に懇願するが、悪魔のようなこの男が許してくれるはずもなかった。

「なんだ、気持ちよくなってきたんですか。お尻で感じるのが怖いのかな」

身体の異変を言い当てられ、美代子はぐっと喉を詰まらせた。

「ち、違うわ……でも……もうお尻は嫌っ」

「ふぅうん。オマ×コならいいのか」

「それは……あっ、ああひぃっ」

優二の指が、ぞろりと美代子の肛門内部をなぞった。

再び美代子の背筋に、快楽とも嫌悪ともつかない感覚がわき上がる。

「なかなか素養があるみたいだな。初めてのお尻で感じるなんて、美代子さんは淫乱だ。いよいよ俺好みだ」

(ひぃぃっ、またお尻の穴の中から、あそこの壁がなぞられている)

穴をこねくり回されるうち、美代子は奇妙なことに気がついた。ただ蹂躙されるばかりだったはずの穴が熱を持ち、奥からぶぢゅぶぢゅと温い汁が滲んでくる感触があるのだ。

(そんな……お尻の奥から、お汁が出てくるなんて……)

初めての出来事に戸惑いを隠せない。

そんな美代子の狼狽と異変を、指を差し込んでいる優二は敏感に悟ったようだった。肩を揺らして笑うのが美代子に伝わった。

「指に腸液が絡んできているよ……塗り込んであげるからね」

その溢れ出した粘り気のある液体を腸壁になじませるように優二の指が蠢く。まるで、窄まった肉穴のシワに隠れた性感帯を探し出すかのような動きだった。

「あはぁ、はぁっ、はぁっ、はあぁぁッ」

「ピクピクしちゃって……美代子さん、お尻が気持ちいいんでしょう」

優二の言葉に健気にかぶりを振るが、美代子は自身を信じられなくなっていく。尻穴をいじくられ、粘膜から変な汁を滲ませている。

(怖い……怖いです、あなた！　私、おかしくされてしまいますッ)

「よしよし、もっとよくしてあげますからね」

「いやですッ。優二さん、お願い、おかしくしないでッ」

尻を弄う手を止めないまま、陰唇にも指が伸びてくる。美代子の潤んだ肉びらを掻き分け、度重なる愛撫ですでに開ききった膣口に入り込んだ。

「んあぁあっ……あはぁっ、はぁ、いや、そっちは……」

「ぐしょ濡れじゃないか。よほどケツ穴が気に入ったのかな」

美代子はぐっと唇を噛みしめた。彼の言うとおりだ。美代子の膣穴は、優二の指をすんなりと奥まで受け入れてしまう。

少しばかり濡れているだけではない。きゅうっと締まっていたはずの膣壁が、刺激を求めるようにほぐれているのだ。

(求めているっていうの? そんなわけない。私がこんな男を受け入れるなんて……絶対にありえないのに)

優二が愛撫を始める。肛門に差し込んだ指は膣穴を、膣穴に突き入れた指は肛門を、それぞれ隣接する穴を刺激するように蠢きだした。

自分の異変に打ちひしがれている暇もなく、ふたつの穴の間の肉壁をいじめられ、美代子はされるがままになっていく。

「あッ、あ、中が……くうぅん、へ、変なのぉ」

「気に入ってくれてうれしいですよ。オマ×コも尻穴もどんどん濡れてくる……やっぱり美代子さんには淫乱の素養があるな」

「嫌よ、そんなこと言わないでぇッ」

いくら口で抵抗しようとも、優二の手つきは激しくなるばかりだった。巧みに異なる穴をこね上げ、美代子の感度を高めていく。

子宮がカァッと熱くなる。優二に突かれている肉穴の奥の奥が震え、そうすると同時に擦られている肛門もきゅっと締まってしまう。

「さて、前戯はこの程度でいいだろう。ここまで貪欲なアヌスなんだ。ハメちゃえばどうにでもなりそうだ」

「ま、待って……嫌ああッ」

美代子の肛口に、指よりもずっと太くて熱いものが宛てがわれる。振り返って確認するまでもなく、優二の長大なペニスの先端だった。

「お願いします、それだけは許してッ。そんな太いもの入れないでッ」

愛撫でとろけかけていた意識が急速に覚醒する。こんな太いもので犯されてしまったら、きっと自分は正気を保てなくなる。夫への想いも、葬儀も、なにもかもメチャクチャになってしまう。

「あのねえ、美代子さん。ここまできてなにもせずに終われるわけがないでしょう。そもそもあなたがおしゃぶりで俺をイカせてくれないからこうしてるんだ」

「それは……そんな、勝手なっ」

「それにさんざん気持ちよさそうにしておいて、俺がよくなるのは許さないなんて。美代子さんはワガママだな」

「ううううっ……くぅぅ……」

（どうして私、こんな男にいいようにされてしまうの……）

身体のほんのわずかな隙にぐいぐいと押し入られ、気がついたときには追い返せないほどになっている。悔しさとふがいなさで涙が溢れてくる。

けれども今は、自分の悔恨よりも優先すべきことがある。

「お願い、お願い、優二さん。お尻の穴だけは許して……こ、こっちなら……」

断腸の思いで、美代子は自分の手で秘唇を割り開く。これだってたまらない屈辱だ。けれども今まで触れられたことのない場所を犯されるよりはましだと胸に言い聞かせる。

「どうかお願いです。私をおかしくしないで……あの人の式なの、きちんとお見送りしたいの……」

「ふぅん」

優二はもったいつけるように、美代子の肛門から亀頭をわずかに離す。

「そんなにケツ穴を犯されるのが嫌なのか」

「……どうかお願いします」

「お願いするんだったら、それなりの頼み方があるでしょう。どこになにを入れてほしいのか、きちんと美代子さんの口から言ってもらわなくちゃ」

優二がなにを求めているのかすぐにわかった。美代子は固唾を呑み、自分に必死で言い聞かせる。本気でこの男に屈するわけじゃない。

（心まで汚されるわけじゃない。あの人の葬儀を最後までするための選択だもの……）

「わ……わ、私の、オ、オマ×コ……に、優二さんの、オ、オチ×チンを……」

しかし美代子が決死の思いで繰り出した言葉で、優二は笑い声をあげた。

「オチ×チン？　美代子さん、あなたいくつなんだ。そんな幼児みたいな言葉遣いで男を誘えるとでも思っているのかな」

顔の周りが熱かった。羞恥心で火照って汗まで垂れてくる。この邪悪な男の言いなりになるしかない状況が、美代子に絶望を叩き込んでくる。

「う……う、うくぅっ……お、おチ×ポ……を、私の、オマ×コに……い、入れて、入れてくださいッ」

「へええ。夫が焼かれて骨になってるっていうのに、そんな下品なことが言えちゃうのかぁ」

姑息な二重拘束でプライドを傷つけられる。自分からあれこれさせておいて、美代子が従うととたんに嘲笑する。

（それがこの男のやりくちなんだわ。なんて卑劣なの）

けれども我慢だ。ある種の諦めはもうついている。自分の望む方向に男を誘導できれば、少しは心の余裕が保てる。

「お願い、優二さん。意地悪をしないで……」

美代子の懇願に、優二は黙ってペニスを膣口に押し当てた。美代子はその感触にふっと安堵し、同時に改めて緊張するが、優二の肉棒はすぐにその上にある肛口に移動した。

「せっかくおねだりしてもらったけど、やっぱりこっちをいただくことにしますよ。兄貴のお下がり穴を犯してるだけじゃ満足できないからね」

「そっ、そんなッ、あんまりです。くぅっ、うぅ、あぁっ、嫌、嫌あぁぁ」

優二の両手が美代子の双臀を摑み上げた。そのまま尻の穴にねらいを定めて、一気に腰を突き出してくる。勃起して張りつめた亀頭が、肛門の皺を押し拡げてめり込んできた。

「うぐうぅぅっ……くふぅっ、くっ、苦しいッ」

「はあぁッ、さすがにきついな。ちぎれそうだ」

収縮していた腸のひだを、異物が押し拡げていく。苦しさに耐えきれず、食いしばっていた歯をゆるめ、大きく口を開けて喘いでしまう。

（お尻に、熱くて硬いのが……あぐぅ、お尻の穴が張り裂けそうっ）

もう十何年も前の、総一郎によって処女を散らされたときのことをふと思い出してしまう。丹念に愛撫されたとはいえ、それなりの苦痛を伴うものだった。

しかし尻穴を犯されるのは、それを軽々超える責め苦だった。臓腑を内側から殴られるような衝撃に、全身から脂汗が滲む。

「ああ、でも全然いけるな、もう半分は入りましたよ。美代子さん、頑張って」

ゴッゴツした肉茎が美代子の腸壁を犯していく。えら張った亀頭が狭い穴を押し拡げて、それを手がかりにするかのように幹がどんどん侵入してくる。

（ひいっ……またお尻の奥から、にちゃにちゃしたお汁が溢れてくる）

美代子の意志とは無関係にこぼれるその汁がペニスを滑りやすくしてしまう。

「ぐうぅっ、優二さん……もう、入れないでぇ……お、お腹、破けちゃう」

「ハア……大丈夫ですよ、もうすぐ……ああ、ほら、入った」

「ひぐうぅぅっ……ひい、ひい、壊れるッ……」

ずん、と優二が腰を叩きつけるように押し込んだ。美代子の尻たぶに、男の陰毛が擦れる感触が伝わる。

（本当に、お尻の奥まで優二さんが……信じられない。征服されちゃう！）

内臓に走る痛みが、それを現実だと美代子に伝えてくる。

「はあ……入り口はきついけど、中は案外柔らかい。チ×ポが包まれてるみたいですよ。美代子さんのケツ穴にね」

優二が身を揺すりはじめる。美代子の尻肉を歪むほど掴んで固定し、そこめがけて腰を前後させる。みちみちに拡げられた肛門がそれに引っ張られ、美代子はさらなる苦痛に声をあげた。

「動かないでぇ……お尻、お尻がつらいのっ……壊れちゃう」

美代子の切実な声も、優二は意に介さない。美代子の尻穴を、極太の異物に少しずつ順応させていくように、何度も何度もピストン運動を繰り返す。

優二がぐっと腰を引いた。ペニスにつられるかたちで肛門が盛り上がり、伸ばされてジンジンと痺れる。かと思えば、また一気に奥まで貫かれた。美代子の鼻と口から、同時に声と吐息がこぼれだす。

「うぐうぅっ、くぅっ、あああぁんッ」

しかしその声の響きが、美代子にとっても予想外だった。

これは苦痛だ。卑劣な男に尻穴を犯されて、快感など得られるわけがない。

（いや……嫌ッ、なにか、こみ上げてくる……すごく嫌なものが……）

肉茎が腸壁の奥に突き込まれ、裏側から膣穴を押されるたび、美代子の子宮がぎゅっとわななく。女の底から愛液が溢れ、同時に尻の中も熱くなっていく。

美代子の肉襞と優二のペニスが触れ合って、ぢゅぼぢゅぼと卑猥な音を立てた。腸液が、優二の竿を濡らしきって肛門から垂れ落ちるくらいに溢れていた。

「順応が早いね。ケツ穴がすっかりチ×ポを舐めてるよ。最高の感触だ」

「ふっくぅっ、へ、変よこんなの……おかしくしないでっ」

「俺は犯してるだけさ。美代子さんが勝手におかしくなってるんだ」

——本当に？

本当にそうだったら、どうすればいいのだろうか。優二の言葉に心が揺らいでいく。

「ゆ、優二さん、私、もう、嫌で……っ、これ以上オチ×ポ、あぁッ」

涙ながらに訴えようとした美代子の声は、一気に喉の奥に押し込まれた。

優二もぴたりと動きを止めた。化粧室のドアが開かれたのだ。

「あれ……いないなぁ」

（し……汐里、どうして！）

入ってきた人物の声を聞いて、美代子の心臓が凍りつく。聞き間違えるはずがない。娘の汐里のものだった。

もしかすると、長時間姿が見えない自分を捜していたのかもしれない。

「お母さーん？」

凍りついた心臓が、嫌な音を立てて軋む。閉じた個室のドアに向かって、汐里が呼びかけてくる。

美代子は思わず優二を振り返ったが、すぐにそのことを後悔した。悪魔のような義弟の口元には笑みが浮かんでいた。

「おや、汐里ちゃん」

止める間もなかった。ドアの向こうの汐里に、優二が応対してしまう。

「あれ、優二おじさん？」

焦ったような声。個室の中にいる者を、完全に美代子だと思い込んでいたらしい。予想外の男の返事に驚いている。

「ごめんなさい、私、お母さん捜してて……」

「美代子さんなら、さっき式場の人と話してるのを見たけどな」

口から出任せを言いながら、優二の腰が再び動きだした。美代子の肛門を犯すペニスを、ゆっくりと出し入れしはじめる。

（駄目ッ、お願い、優二さん、許してッ）

美代子は慌てて口元を押さえた。アヌスを犯される衝撃でこぼれそうになる声を、必死に喉に押し留める。

「ごめんね、おじさん、お腹の調子悪くて。いっしょに捜してあげられないよ」

「ううん、気にしないでください。話しかけちゃってごめんなさい」

（やめて……やめてッ、気づかれちゃう）

いくら心の中で願っても、この鬼畜な男がやめてくれるわけがない。リズミカルに肉茎を抽送し、亀頭で美代子の腸壁をえぐっていく。

「あと少しで、火葬、終わるって言われたから」

（汐里、出ていってッ。お母さんのこんなところを見ないで）

美代子の願いの対象は、自然と優二から汐里へと移っていく。優二がこの行為をやめてくれる可能性よりも、汐里がトイレから出ていってくれる確率のほうがずっと高いのだから。

「わかったよ。すぐに行くから」

優二がそう言うと、汐里の足音が聞こえた直後にドアの開閉音が響いた。

「ふはぁっ……あぁっ、あぁぁ……」

美代子は思わず大きな息を吐く。

「ふう、ひやひやしたなぁ。美代子さんも緊張しただろう」

「あっ、あっ、当たり前でしょうッ」

美代子はこの男の怖い物知らずの態度が改めて恐ろしくなった。美代子が耐えきれずに声をあげてしまったらどうするつもりだったのだろう。

「でもケツ穴は締まってましたよ。痛いくらいだ。汐里ちゃんにバレるかもと思って、興奮したんじゃないの」

「してませんッ」

どうかなぁ……とせせら笑い、優二のペニスがぐいぐいと入り込んでくる。

「美代子さん、あなたは夫の火葬中に尻穴を犯されて興奮しちゃう変態なんだ。口では否定するかもしれないが、俺のチ×ポを締めてる尻が認めてますよ」

「うくぅっ……嫌よ、変なこと言わないでぇ」

美代子の抵抗は弱々しい。太い幹が肉皺を拡げていく衝撃で、ぴんと張っていた理性や感じていた恥辱が少しずつ溶けていく。

「ああ、この調子ならちゃんとイケそうだ。美代子さん、ケツ穴の中に出してあげますからね。俺の精液浣腸をちゃんと受け止めるんだ」

「ひいっ……そ、それだけはっ」

（昨日、出された量の精液を……腸の中なんかで出されたらッ）

「へえ、外出しがいいのか。この立派な喪服をべったり汚してほしいんだな。美代子さんは俺のザーメン染みをつけて骨上げするつもりなんだね」

優二の物言いにぞっとする。この男ならすると言ったらする。美代子の身体にまとわりついている黒服に白濁を浴びせるくらい、平気な顔でやるだろう。

（どうしたら……あなた、私……どうすればいいのですか）

「選んでくださいよ。中出しがいいのか、喪服を汚されるのがいいのか」

「ううくうぅっ……ひ、卑怯者……」

追い込まれていく。美代子に選択の余地などなかった。

「な、中に……出してください」

（ああ、言いたくないの、こんなこと！）

すべての悔しさを飲み込んで……美代子は懇願する。

「私のお尻の中に、精液を……出してくださいッ」

優二の体が大きく震える。笑っているのだ。

「あぁ、とってもいい気分だ。まさか美代子さんから直腸中出しをおねだりしてくれるなんてね。いいですよ、お望みどおり」

「ふぐうぅっ……くあぁ、あぁあぁぁっ」

言い放った瞬間、射精へ向かって優二の動きが乱雑になった。美代子は苦悶の声をこぼしながら、その尻穴を壊そうとするかのような突き上げに耐える。

「出すぞ……腹の中を真っ白に汚してやる。出すぞ、美代子」

剛直が今までにないほど硬くなり、美代子の肛門を張り裂けそうなほど押し上げた。次の瞬間、熱のかたまりが亀頭の先から迸る。

「あああぁッ、熱いぃ、あぁぁ、お、お尻……焼けちゃううぅッ」

火傷しそうなほどに熱いミルクのしぶきが、美代子の腸壁の中で膨れ上がる。

(お尻の中、精液で煮えちゃうぅっ。身体の芯が沸騰してるみたいっ)

美代子の中に奇妙な満足があった。その感覚が下腹で膨れ、背筋を伝って脳をも突き刺していく。

「ふあぁぁっ……あぁあぁ、あぁ、来るぅ――」

思わずそう叫んだ美代子の頭の中は、昨夜と同じように濁っていく。

全身がふわりと軽くなる。意識が肉体を離れてしまう。

強すぎる愉悦……そう、確かに得てしまった快感が、美代子の意志を焼き切ってしまおうとしていた。

（あなた……あなた、あなた……総一郎さんッ）

白濁する己の意識をつなぎ止めるように、胸の中で必死に亡夫を呼ぶ。姿を思い起こそうとする。たとえ今生の別れを迎えたとしても、彼は美代子の心の中にはいてくれる。そのはずだ。はずなのに。

（ああ……どうして……）

なぜかそのとき、総一郎の姿をしっかり思い浮かべることができなかった。

「ああ、美代子さん。気絶しちゃまずいですよ」

優二が射精を終えたペニスを、ゆっくりと美代子の尻から引き抜いた。

つられて肛門が盛り上がり、出されたばかりの精液がこぼれ出そうになる。

「ここでお尻を洗っておかないと。ああ、よかった。シャワートイレがついてるじゃないですか」

崩れ落ちそうになっていた美代子の腕をぐいと摑んで、便器に座らせる。

「見ててあげますよ、美代子さんが俺の精子をケツからきばり出すところをね」

にやにやと笑いながら自分を見下ろす義弟を、睨みつけることもできない。

（私……どうしたら……）

この男はどこまで自分を辱めるのか……美代子の胸は絶望で張り裂けそうだった。

第三章　尻穴中出し絶頂

1

（私、どうしてしまったのかしら……）

手洗いから出て、洗面所の鏡を見つめながら美代子はため息をついた。

告別式の最中に優二に襲われ、いたぶられ、夫でさえ触れたことのなかった場所を汚された。

（あれから、身体に熱が植えつけられてしまったみたいにウズウズして……）

トイレで排泄を行うたび、風呂場で不浄の穴を清めるたび、腹の奥まで侵入してきた優二の感覚が蘇（よみがえ）ってくるのだ。

肛門を犯されたときの妖しい刺激の痕跡が、美代子を苦しめていた。

（気をしっかり持たないと……今日は、お義母様たちもいらっしゃるのだから）

初七日は親戚を家に招いて、今後の話し合いをしながらの食事会だった。

「お母さん、電話鳴ってるよ」

鏡の前でぼんやりしていたが、娘の呼び声で我に返る。

携帯電話を手に取ると、亡夫の両親からだった。

「そろそろお宅に着きますよ。弟の優二もいっしょです」

義母の柔らかい声で告げられると、美代子はぎゅっと携帯を握りしめる。

親しい親戚を集めるとなれば、当然義弟である優二も顔を出すのだ。

（もう絶対あの人の言いなりにはならない。あんなことは終わりにするの）

美代子は美しい唇を真一文字に結んで決意する。

やがて義理の両親と美代子の両親、そして優二が顔を出し、一同は仏間となった和室で顔を合わせた。

悲しみに暮れてばかりもいられないという意志をおのおのが持っていて、息子を突然の事故で失った義母たちも、涙をこらえて今後の生活について話し合う。

その間も美代子は優二のことが気がかりで仕方なかったが、彼のほうもさすがに両親の前で軽率な行動はとれないようだった。

いかにも真面目で健気といったふうの顔を作り、自分が美代子に代わって事故相手とのやりとりを請け負っていると話していた。

（私に、あんな屈辱を与えておいて……）

美代子の内心は怒りに燃えていた。しかしそれを表に出すわけにはいかない。こっそりと深呼吸をして気持ちを落ち着ける。

「そろそろ、お昼ご飯の準備を。汐里、手伝ってくれる？」

言いながら美代子が立ち上がると、汐里も頷いて席を立つ。

義父の好物である天ぷらを作ることに決めていた。ふだんから母の手伝いに慣れている汐里に野菜を刻んでもらい、美代子は衣と揚げ油の支度をする。

「お母さん、ナスって最初にヘタ切っちゃっていいんだっけ？」

「ええ。ヘタを切ってから、縦に切れ込みを入れるのよ」

まだ高校生だとは思えないくらいしっかりした包丁さばきだった。

料理上手な美代子に憧れ、いつもお母さんのようになりたいと言っている汐里の努力は実を結んでいる。

その健気な様子を見ていると、ふと美代子は哀愁を覚えてしまう。

（汐里……きっと立派に育って、いいお嫁さんになるわ。でも）

　こんなよくできた優しい娘に、これから父がいない家庭で苦労をさせてしまうと思うと胸が苦しかった。

（いいえ。この子ならきっと、私と二人でもやっていける）

　そう思い直し、どうにか感傷的になりすぎるのを抑える。

「やあ、お昼はフライですか。ああ、天ぷらかな」

　次の瞬間聞こえてきた声に、美代子の心臓はばくんと跳ねた。憎き義弟が暢気（のんき）な様子でキッチンを覗き込んできたのだ。

「天ぷらでーす。優二おじさん、天ぷら好き？」

　美代子は呼吸が詰まるほど緊張しているのに、優二の裏の顔も美代子への仕打ちも知らない汐里は、人なつっこい微笑みを浮かべて声をかける。

「好きだよ。汐里ちゃんはお料理の手伝いができるんだね。偉いなぁ」

　外面だけは整っている優二に言われ、汐里は照れくさそうにする。

（汐里に近づかないで、この変態男ッ）

　心の中で叫ぶが、それは汐里にも優二にも伝わらない。いや、優二は美代子の鋭い視線に気がつきながらも無視しているのかもしれない。

「僕に手伝えることがあるかなと思ったんだけれど、汐里ちゃんがいれば大丈夫そうですね。お茶のおかわりをもらっていいかな」

「ええ……お茶なら冷蔵庫に……あッ」

ぎくしゃくと冷蔵庫を指さした美代子は、歩み寄ってきた優二を思わず見上げてしまう。

冷蔵庫の扉を開けるそぶりで、後ろ手で美代子の尻に触れたのだ。

冗談だと思いたかった。いくら破廉恥な男だとはいえ、こんな場所で性的なことをしてくるわけがない。

(けれど……この間は、火葬場のお手洗いで)

美代子の中で忌々(いまいま)しい記憶が鮮明に蘇(よみがえ)る。夫が焼かれているさなか、この男に辱められたことが。

あんな非常識なことをする男だ。たとえ自分の父母が同じ空間にいようと、すぐ隣にまだあどけない姪がいようと、容赦などしないのではないか。

そう考えるともう、美代子はいてもたってもいられなかった。

汐里に悟られぬように気遣いながらも、再び尻に伸びてこようとする優二の手の甲を思いきり指でひねり上げた。

血の透ける赤い唇をぎゅっと結び、美しく流れる目尻をいからせる。嫌悪と憤怒が滲んだ表情で、悪魔のような男を睨みつけた。

優二は無言で肩をすくめ、そんな美代子から視線を外す。

かと思えば、つねられていないもう片方の手で美代子の尻を摑み上げた。

「あくっ……痛ッ」

手の仕返しだと言わんばかりに、優二の指がスカート越しの美尻をつねってくる。思わず声をあげた美代子に、ニヤリと頰を歪めていた。

「お母さん、どうしたの」

「ううん、油がちょっとはねちゃったのよ。さ、優二さん。ここは私たちに任せて、席に戻っていてくださいな」

後ろにいる優二に尻を摑まれたまま、美代子は必死に取り繕う。

「座っていても退屈でね。親子で料理する姿を見物させてもらいたいな」

その返事に、美代子の心臓はまたドクンと跳ね上がる。

（やっぱり、またいやらしいことをするつもりなんだわ）

「し……汐里っ。お野菜は用意できたわよね。あとはお母さんがやるわ。おばあちゃんたちの話し相手をしてあげて」

美代子の中で、瞬時にありとあらゆる計算が働いた。その結果、最優先されたのは汐里のことだった。

（汐里に知られるわけにはいかないわ。この人は、なにをするかわからない……）

汐里は一瞬きょとんとしたが、すぐに納得した様子でキッチンから出ていく。

それを見てほっと胸をなで下ろす美代子だったが、頭上から優二の笑い声が聞こえてすぐに気を引き締める。

「汐里ちゃんには知られたくないんですねぇ。娘思いのお母さんだ」

「ふざけないでッ。もうあなたの言いなりにはならないわ」

威勢よく言いながらも美代子は、優二のポロシャツの胸ポケットに入っているものが気がかりだった。

「ふうん。両親にあの写真を見せてあげてもいいんですよ」

美代子の想像どおり、優二は言いながらポケットに入れたスマートフォンをちらりと持ち上げた。

それを出されてしまうと弱い。望まぬ行為だったとしても、夫の喪も開けぬうちに他の男に抱かれた現場が記録されているのは事実なのだ。

「動画の鑑賞会でもしましょうか。火葬場のトイレでの様子を見せてやれば母たちも安心するかもしれないなぁ。もう美代子さんは新しい男を見つけたんだと」

　その言葉に美代子は目をむいた。

（動画って……まさか、また撮影していたの）

「この……卑怯者ッ。卑劣漢ッ」

「さ、わかったら言うことを聞いてもらいましょう。ほら、キッチンに手をついてお尻を俺に突き出すんだ」

（もう、この男の言いなりにならないと決めたのに）

　弱味を握られているせいで、結局翻弄されてしまう。

　悔しさに歯ぎしりをしながらも、美代子はシンクのふちを握って優二に尻を向ける。そうするしかなかった。

「ふふん、喪服もよかったけど、洋服も似合ってますよ。お尻の形がわかるタイトスカートはいいなぁ、俺のために穿いてくれたのかな」

　からかいの言葉にいちいち反応する気にもなれない。美代子はただ耐えた。

「火を落としておこう。火事のもとだからね」

　まるで美代子を焦らすように、優二はのんびりとした手でガステーブルのつまみをひねり、天ぷら油の火を消した。

「今日の下着は何色かな。めくって見せてください」

美代子が逆らわないとわかったうえで、愉しげに命令してくる。仕方なく美代子は、黒のタイトスカートをたくし上げた。

喪服というわけではないが、今日も上下黒い服を身につけていた。

「おっ、下着はベージュだ。なんだかワクワクするなぁ、飾り気のないパンティって。美代子さんのプライベートに踏み込んだ気がするよ」

得手勝手なことを言いながら、スカートに響かないように選んだシンプルなショーツのクロッチを優二の指がなぞる。

「んんぅ、いやよ……」

かぶりを振った美代子にかまわず、ショーツがずり下ろされる。旬の白桃のように美しい見事な尻が、今日も義弟の前に晒された。

「可愛いよ、美代子さん。今日も感じさせてあげるからね」

そう言って優二は、いきなり指先を美代子の肛門に宛てがった。

ほとんど色素沈着のない、薄いベージュ色の美しい秘穴だ。

(この穴が……この人からしたら、女性器と同じものに見えているんだわ)

「いつ見ても綺麗なアナルだ。あれからどうです、こっちを犯されて。お尻で感じるようになったかな」

「くうぅ、馬鹿げたこと……あぁっ」

人差し指が第一関節まで入り込み、くねくねとねじ曲がって肛門を翻弄する。

そのぞっとするような感覚もそうだが、なにより優二の言葉に自分の変貌を見透かされているようで、美代子は生きた心地がしなかった。

（お尻が疼くなんて、絶対この人に知られちゃいけない）

美代子はぶんぶんと首を振った。こしのある絹糸のような髪が揺れ、美代子自身の頬を叩いた。

「ああ、入る入る。この間よりもずっと指が入りやすい気がするよ」

「くふうぅぅ……ッ」

骨ばった指が侵入してくる。第二関節ほどまで入ったかと思うと、美代子の粘膜を掻き回すように蠢く。

（変……やっぱりおかしいわ、私っ、膣の奥がジンジンして……）

思わず身震いしてしまうほどの強い刺激だ。

「おや、オマ×コが濡れてきたな。美代子さんはアナル奴隷の才能があるな」

美代子の変化を目ざとく察し、優二が意地悪く笑う。

「オマ×コも美味しそうだ。失礼しますよ」

「あぅっ、いやっ、舐めないでッ」

優二がしゃがみ込み、勢いよく美代子のクレヴァスに唇を寄せた。割れ目を指で左右にこじ開け、熟れた粘膜にむしゃぶりつく。

薄い唇と反対に肉厚な舌が、薄紅色の陰唇をべろべろと舐め上げていく。

（舐められている、こんな場所で……廊下の先には、お義母様たちもいるのに）

鼻にかかった声をあげそうになるのを、美代子は必死にこらえた。

陰部にしゃぶりついてくる邪悪な男は憎たらしいが、女の弱点を責められれば肉体は愚直に反応してしまう。

「どんどん濡れてくる。やっぱり美代子さんは淫乱だ」

「違うわっ……あなたの唾液よッ、犬みたいに舐めるんだから」

「この俺を舐め犬扱いとは恐れいったよ。どれ、お望みどおり」

割れ目を上下に蠢いていた舌が、クリトリスに狙いを定める。

（ふあッ、舌のざらつきが……お豆に擦れて）

敏感な肉芽を、執拗に舐めしゃぶる。

「あぁんッ、そこは……いや、いやよ、舐めないでっ」

「ふふ、もう美代子さんの弱点はわかっているんだ。無理に突っ張るなよ」

美代子は内股になりながら、シンクを摑んだ手にぐっと力をこめる。

(感じるわけには……いやよ、気持ちよくなりたくないッ)

この愛撫を続けられたら身体が参ってしまう。そんな予感が美代子の頭を支配していた。

クリトリスから入り込んだ甘美な刺激が、背筋を伝って這い上がってくる。

美代子の疼きを、優二は機敏に感じ取っている。肉の粒を舐める舌が、どんどん勢いづいていく。

「あぁっ、許してッ、もうやめてっ」

「なんだ、もうイキそうなのか。反抗的なわりにちょろいなぁ。オマ×コ汁の味も濃くなってきてるな」

優二の言葉どおり、どろりと重さのある愛液が垂れ落ちていくのが美代子自身にもわかる。

通夜の晩に襲われたときよりも、火葬場で貫かれたときよりも。

(私、本当にどうしてしまったの。この快感に……素直になってしまっている)

そんな己(おのれ)を自覚して、美代子はどんどん恐ろしくなる。

「いやぁ、怖い、怖いわっ……優二さん、お願いもうやめて」

このまま絶頂させられてしまったら、自分の中でまたひとつなにかが壊れてしまう。その恐怖で涙さえ滲ませながら、美代子は必死で懇願する。

「だめだ。俺の舌でイクんだ。さもないと裸で仏間に放り込むぞ」

「そんなッ……くうぅっ、ひどい人ぉっ……」

無慈悲な言葉に、もがいて逃げかかっていた身体が硬直する。この男はやると言ったら本当にやるだろう。

「ほら、イキたいんだろう？　イカせてあげるよ。やせ我慢をするんじゃない」

「ああっ、あああああぁぁあぁッ」

優二の唇と歯がクリトリスを甘噛みした。まるで神経に直接触れられたかのような衝撃が、美代子の全身を伝っていく。

「イクぅ、あぁっ、ひうぅぅうぅうぅッ」

その刺激をいなす術もなく打ちのめされ、美代子は汗ばんだ身体を痙攣させながら絶頂を迎える。

（私、またこの人に感じさせられて……気持ちよくなって……）

どうしようもなく嫌なはずなのに。こんな男、想像しただけで虫酸が走るはずなのに……。

身体に刻まれた快楽が、圧倒的な存在感をもって美代子を支配していく。

2

「美代子さん、気をしっかり持つのよ。これから大変だと思うけれど」

玄関で義母は、美代子の肩を抱いて優しく囁いた。

最愛の息子を失って自身も心を痛めているだろうに、自分への気遣いを忘れない義理の母。美代子は目頭が熱くなる。

「なにかあったら連絡しなさい。なにもなくても。ひとりで抱え込むなよ」

「ありがとう、お父さん」

美代子の両親も、義実家と同じく気の毒な娘を思いやってくれる。

ついさっき義弟に味わわされた淫辱の記憶が、どうにか薄れていく。

幸いなことに優二は前戯以上のことはせず、なんとか親戚たちを交えた昼食を終えることができた。

「ああ、義姉さん。僕はもう少し家に残ってもいいかな。今後の手続きのことを話したいんだけれど」

しかし、そんな安堵は、のろのろと玄関に姿を現した優二の一言で崩される。

心のどこかではわかっていた。この卑劣な男があの程度の悪戯で満足するわけがないと……。

「その……日を改めてもらうわけにはいかないかしら」

「今日を逃すとなかなか時間が作れないんです。他にも案件を抱えていて」

おずおずと抵抗を見せるが、あっさり折られる。

事故相手への交渉を大義名分にして、踏み込んでくるつもりだ。

「優二おじさん、帰らないの？」

二人のやりとりを見ていた汐里が、どこか浮ついた様子で声をあげる。

（汐里……気づいて。この男は、恐ろしい悪魔なの）

どうにも汐里は、同年代の男子などとは異なる大人の男である優二に、わずかに憧れているような気配があった。

優二は涼しげな顔で汐里に微笑みかけ、揃って両親たちを見送る。

その様子を見ていると、彼を邪険に家から追い払うことなどできなくなった。

優二は汐里と共にきびすを返すと仏間に座り、親戚たちに話したのと同じように事故相手との交渉は順調に進んでいると告げた。

　慰謝料の額も納得して受け入れてもらっており、美代子や汐里が心配することなどひとつもないと頼もしげな男の顔で言う。

　しかしそんな言葉は、美代子の頭の中にうまく入ってこない。

（これからどうするつもりなの、私を……）

　優二がまたいつ再び牙を剝くのか、そればかりが気になってしまう。

「汐里ちゃん、今度僕の事務所においでよ。社会科見学の課外授業だ」

　不安な美代子をよそに、優二と汐里はますます親密な様子になっていく。

「おじさん、夕飯もうちで食べていったら。二人じゃ寂しいもん。ね、いいよね、お母さん」

「そ、それは。優二さんにも都合があるでしょうし」

　あろうことかこの男が付け入る隙を、我が娘が作ろうとしている。

「お言葉に甘えてしまおうかなぁ。僕も寂しいし。独身だからね、いつも夕飯は一人で食べているから」

「お母さん、いいよね？」

　汐里の曇りのない瞳に見つめられ、結局美代子は頷いてしまった。

心の安まらない美代子をよそに、それからも優二は相続税や生命保険の書類を取り出して、頼れる義弟の顔を作りつづけた。

三人での夕飯を終え「なんだか眠くなってきてしまった」と優二が笑えば、汐里が「泊まっていけばいい」と言いだした。

美代子が異をとなえる前にそうさせてもらいたいと優二が答えてしまうと、もうその流れを止めることはできなかった。

「ここに寝泊まりしてもらうことになりますが……」

仏間のテーブルを片づけ、来客用の布団を敷く。

時期を同じくして廊下の先で、バスルームの扉を開ける音がした。汐里が一番風呂に入ろうとしているのだ。

「やっと二人きりになれたね、美代子さん」

（……ずっと、こうなるのを待っていたのね）

優二は、布団を敷き終えた美代子の背に覆い被さってきた。

美代子はぐっと唇を嚙む。整えられた眉の根を寄せて義弟を睨みつける。

「やっぱり、こんなことをするつもりだったのね」

「美代子さんだって、昼間のアレじゃあ満足できてないだろう？」

自分勝手なことを言いながら、優二の手が美代子の尻や胸をまさぐる。

痴漢のような手つきから逃れようともがいたが、男の優二が本気を出してしまえば美代子の細腕など抵抗らしい抵抗もできない。

「汐里ちゃんは可愛いな。きっと僕に惚れている」

「なにを言っているのっ」

「憧れのおじさんが、お母さんとセックスしてるのを見たらどう思うかなぁ」

その言葉で美代子は悔しさをぐっと呑み込んだ。

（私が嫌がるほど……汐里に見つかる可能性が上がるって言いたいんだわ）

「は……早く、終わらせて……」

結局美代子は受け入れるしかない。どんどん抵抗のレベルが下がり、この卑劣漢に都合のいい態度しかとれなくなってしまう。

「素直になってきたじゃないか。ご褒美にたっぷり可愛がってあげますよ」

「あうッ、あうンッ……」

とたんに優二の手つきが乱暴になる。美代子のたっぷりと脂の乗った乳房を服越しに強く掴み、形を歪めるように揉み上げる。

トップスとブラジャーに阻まれていても、その強い力は十分に伝わってくる。胸を好き勝手にされる屈辱に、美代子はぎゅっと目を瞑った。

「スカートもそうだけど、このセーターも胸の形がわかっていやらしいな。やっぱり俺を誘っていたのかな？」

「違いますッ……あなたの都合のいいように考えないで」

「俺だけじゃない。父さんも目のやり場に困っただろうな。まったく、男と見れば節操なしに誘って。とんだ淫売未亡人だな」

吐きかけられる品のない言葉に、美代子は耳を塞ぎたくなった。どうしてこの男は、こうもすらすらと女を貶(おとし)めることを口にできるのか。

「ブラも見せてもらおうかな。パンティとお揃いですか」

灰色のセーターがたくし上げられ、その下に身につけていたベージュのブラジャーが露出する。優二の言うとおりで、ショーツと揃いのものだ。

「やっぱりお揃いだ。こんな色気のない下着でもエロく見えるんだから、美代子さんは本当に魅力的な女性ですよ」

「いやッ……あ、ああんっ」

ブラが乱暴にずり上げられる。美代子が胸の上を布地で圧迫される苦しさに息を詰まらせている隙に、優二は乳房に吸いついた。

昼間は陰唇をねっとり愛撫した唇と舌が、無理やりずらされたブラに押し出されて突出した乳首をねぶる。

「美味しいですよ、美代子さんのおっぱい。やみつきになりそうだ」

「ひぃ……ひぃ、いやよ、変なことを言わないで」

乳頭を甘嚙みされ、もとより意志を奪われていた美代子の抵抗はさらに弱々しくなってしまう。

(おっぱい、吸われている……胸の先がジンジンして……)

胸の先をしゃぶられるたび、かすかな疼きが身体の奥に響いてくるのが恐ろしい。

乳首から入り込んだ刺激が全身に溶けて、美代子の頭にとろりとした陶酔を送り込んでくるのだ。

(こんな男に好きにされて……気持ちよくなっているなんて)

自分の肉体の異変を認めたくない美代子をよそに、優二はどんどん息を荒くして興奮を伝えてくる。

それに合わせて愛撫も乱暴になり、それがいっそう美代子を感じさせてしまう。

(ああ、助けてください、総一郎さんッ)

なにかにすがりつくような気持ちで、亡き夫の名を心の中で叫ぶ。

しかしなぜか、火葬場での行為のときと同じように、夫の顔が美代子の中で実像を結ばない。

(どうしてなの。あの人のことを考えようとするほど、優二さんのことを強く感じ取ってしまう)

「ふふ、気分が出てきたみたいじゃないか。服を脱いで全裸になっちゃおうね」

ようやく乳房から口を離した優二が、邪悪に微笑みながら言う。

どうしてかその手は乱暴に服にかけられることはなく、美代子をじっと見てはニヤついている。

「自分で脱ぐんだ。俺のために美代子さんから素っ裸になるんだよ」

「そんな……くぅぅ、ひどいわ」

今の美代子には、その命令に逆らってまごついている猶予はない。早くしなければ汐里が入浴を終えてしまう。

仕方なく美代子は、着ていたものを脱いでいく。乱されたセーターとブラを取り払い、タイトスカートのファスナーを下ろす。

(うくぅぅ、恥ずかしい。こんな人の命令で裸になるなんて)

纏っているものが一枚なくなるたび、目の前の男には逆らえないという意識を植えつけられているようだった。

「ほら、あと一枚。パンティも脱いで」

(汐里のためよ……あの子を傷つけないためよ)

震える指をどうにか抑え、ショーツに手をかけてゆっくりとずり下ろす。

「焦らすなぁ。ストリップショーかな」

ためらい混じりの手つきを嘲笑しながら、義弟はぎらぎらした目で美代子の全裸を眺め回す。

やっと下着を足から引き抜いた美代子は、頼りなさにへたり込んでしまった。

「こうして全裸になってもらうと、見事な身体がよくわかる。子供を産んだ三十路とは思えない最高の体つきだ」

「きゃっ……ああ、いやよ、んむッ……」

「東北の生まれだって言っていましたっけ。この色白さもいい」

震える美代子を再び押し倒し、優二は裸の美代子に口づけた。

すぐさま舌を差し込んで、口腔粘膜を好き放題蹂躙する。荒い吐息が振りまかれ、美代子はその勢いに怯えた。

（犯されてしまう……また、この人に好き放題されてしまう）

さんざんの口を味わってから、優二は美代子の足の付け根を摑んで開かせた。そして布団の隣に置かれた自分の鞄から、なにかのチューブを取り出した。

「それは、なに……ひあぁっ、つ、冷たいっ」

キャップをはずし、チューブの中の液体を手に取ったかと思うと、美代子の肛門に塗りたくった。

ひやりとした感触に、美代子の全身が粟立っていく。

「この間はいきなり突っ込んじゃって悪かったなぁと思ってね。今日はちゃんと慣らしてあげますよ」

ぬるりとした感触と、それを薬のように肛門の皺に伸ばしていく手つきで、それが潤滑油のようなものだと美代子は理解する。

「あふぅっ……いやぁ、変な感じ……」

「粘度の高いローションですよ。これでお尻の穴が犯しやすくなる」

肉皺のひとつひとつをほぐすように動いてきた指が、やがてその奥で震える穴の中に侵入してくる。

（ひぃ、ぬるぬるの指が入ってくる）

美代子はその衝撃におふっと息を吐いたが、優二の指は容赦しない。内部の壁に、ローションを塗りつけるようにぐりぐりと蠢いた。

「ほうら、もうほぐれてきた。美代子さんのケツ穴は貪欲だ」

その言葉を否定できないのが悔しかった。

美代子の尻穴は優二が言うように、異物を受け入れる準備をしはじめている。指が根元まで入り込み、肛門のきつい筋肉を抜けた先にある柔らかな壁を押し上げるたびに、尻のすぐ下にある肉の割れ目から愛液が滲んでくる。

(私、感じてる。本当に……お尻で感じる変態にされてしまった)

その変化に恐怖を抱きながらも、こみ上げるうずうずした感覚に逆らえない。

優二にこじ開けられた快楽の門は、容易に閉じてはくれない。

「はぁ、あぁくぅ……どうしてお尻ばかり……」

「美代子さんのせいさ。告別式の日に可愛いケツ穴を犯してから、もうそのことばかり考えてるよ。魅力にとり憑かれてしまった」

そう言って優二の指はますます激しくなる。肘ごと指を使い、激しく前後して括約筋を刺激する。

「ううううぅ……指、優二さんの指が……優二さぁん……」

「ふふん、甘えた声を出すじゃないか。俺の指がそんなに美味しいかい」

美代子はくっと歯を食いしばった。制止を求めた声だったが、優二は名前を呼ばれて媚びのように受け取ったらしい。

「そんなに甘えられちゃあね。あんまり焦らすのもかわいそうだし、俺のチ×ポをぶち込んであげないとね」

「ああっ、ちがいます……そんなこと、望んでないぃ……ひぃんッ」

根元まで差し込まれた指をぐりゅんとねじり上げられ、甲高い声がこぼれる。

美代子のそんな様子を楽しんでから、優二は指をゆっくり引き抜いた。

「さ、気持ちいい肉の棒をあげるよ。淫乱お母さん」

「い、いや……ああ、いやよっ……」

うわごとのように言いながらも、美代子は露出させられた優二のペニスから目が離せなくなる。

(相変わらず黒くて醜くて……こんなもので、また私のお尻をめちゃくちゃにするつもりなの……嫌なはずなのに、どうして腰の奥が疼くの)

美代子は未だに、自分の身体に起こっている変異を受け入れられない。

揺れる美代子を楽しむように、優二はゆっくりとした手つきで自分のペニスを摑み、先ほどのローションを竿に塗りたくった。

そして濡れる亀頭を、ヒクヒク震える美代子の肛門に押しつける。

「すっかり入り口が柔らかくなってるな。俺の先っぽを舐めてるよ」

「そんなことッ……あっ、ああっ、あああぁあぁあぁッ」

細い腰を握りしめて固定し、優二のペニスが美代子の尻穴に侵入した。

塗り込められたローションのせいか、告別式で犯されたときよりもずっとスムーズな挿入だった。

「あぐふぅっ、苦しいッ……あぁぁ、抜いてぇ、抜いて……」

「くおぉっ、やっぱりすごい締めつけだ。いきむなよ……美代子さんも苦しくなるんだから」

悔しくも優二の言葉はもっともだった。挿入されてしまった以上、彼を拒もうとして力んだりすればするほど、美代子の腹の奥は苦しくなる。だとしたら受け入れてしまったほうがいい。

（こんな苦しいの、耐えられないから……仕方ないのよ。今だけは、この人の言うとおりにしないと……）

己に必死の言い訳をする。尻穴を無理やり犯されるのは苦痛だ。

逃れるためには力を抜き、優二のペニスを受け入れる体勢を作るしかない。優二におもねるのではない。自分のためだ……そう思いながら、美代子は必死にふぅふぅと息を吐いた。

「そうそう、口で呼吸をするんだ……連動して尻の穴が緩むからね」

義弟の顔がニヤリと歪む。美代子が力を抜いたことに満足したのだろう。さらに腰を進め、グロテスクな巨根を根元まで埋め込もうとしてくる。

「あはあぁ、お尻、きついです。太いの、奥まで入れないでぇ」

唇から泣き言が漏れてしまう。しかしその実、美代子は自分の肛門の変質を強く感じ取っていた。

一度目の尻穴性交のときよりもずっと敏感になっている。

（全部わかるわ。幹の血管がドクドクしているのも、先っぽからねっとりしたおツユが噴き出しているのも……）

「くふ、感じるかい。僕のチ×ポが中で脈打っているのを」

「うぅ、うぅ……感じたくないッ……」

その強がりも長く続きそうになかった。肛門を通過して直腸に入り込んだ優二のペニスの熱が、頭を焼き切っていくようだった。

「もっともっと入れてあげるよ……美代子さんの内臓を犯してやる」

「あぁ！」

美代子の背筋が、弦楽器のように突っ張った。優二がさらに腰を進めて、奥の奥に亀頭を押し当てたのだ。

「奥に当たっているのがわかるぞ。美代子さんの結腸だ」

その言葉にゾッとするものを覚える。直腸も通り越し、彼が言ったとおり美代子の内臓が征服されていく。

（ああ、わかる……お腹の底に当たるのが。これ以上入っちゃいけないところまで入ってるわぁっ）

直腸にペニスを詰められる苦しさを押しのけ、奥を突かれることへの疼きが肉体を支配しようとしていた。

「知ってるかな？　結腸はキュッと締まって曲がっているんだ。直腸に続くカーブのところに今、俺のが当たっているんだよ。兄貴も犯したことのない場所だ」

「あぐふうう……言わないで、知りたくないっ」

夫も犯したことのない穴に入り込まれているという事実が、改めて美代子を打ちのめしていた。自分では届かない場所を義弟に汚されている。

それなのに苦痛ではないものを覚えている。作り変わっていく意識や身体に怯えてしまう。

「くひぃ……あ、ああっ、動かないで。お腹の中に響くのッ」

優二が腰を使いはじめる。結腸の出口まで突き入れたペニスを前後に揺らし、コツンコツンと小刻みに肉壁を突いてくる。

一突きされるたびに、奇妙な衝撃が波紋のように広がる。美代子の腹の底から全身に向かって、甘い痺れが走っていく。

(中が熱い……本当にお尻の粘膜で感じてしまう)

感じている。それを自覚してしまえば、もうどうしようもなかった。

腸管を肉幹で犯されて結腸を突かれるのが、自分にとっては快感となる。その事実を受け入れるしかなくなった。

「いい感じだ。美代子さんの尻穴もだいぶでき上がってきたじゃないか。俺を受け入れてビクビクしてますよ」

「うくぅ……こんなの、屈辱だわっ」

身体は確かに快楽をものにしているのに、それを認めてしまうのは悔しかった。美代子のまなじりから頬へ向かって涙が溢れる。

しかし優二はそんなことには頓着しない。腰を弾ませて、美代子の奥をいっそう突き上げてくる。

「ちゃんと美代子さんの感じるところも押してあげるからね」

「あぁッ、嫌ぁ、そこは嫌ッ。ひぃッ、ひいいぃいっ」

尻穴に突き刺さったペニスを持ち上げ、美代子の腹側をずりずりと擦る。腸壁越しに子宮が圧迫され、美代子の喉から女の泣き声が迸る。

「オマ×コを裏側から押されるのがよほどいいらしいな。もっと泣け。泣けッ」

優二は顔をサディスティックに歪めながら、美代子の身体を乱暴に揺すった。与えられる摩擦感は最高潮に達し、美代子は震え上がりながら括約筋を締め上げる。そのたびに膣穴からもぶぢゅぶぢゅと愛液がしぶいた。未亡人の肉体は、すっかりこの嗜虐的な男に支配されてしまっていた。

(助けて……助けてあなた。このままじゃ私、お尻でアクメに達してしまいますッ)

美代子の感度を悦んだペニスが、さらに勢いづいて腸壁をえぐる。

「くおぉ、イクぞ、美代子。俺の子種を尻穴で受けろぉっ」

野獣のような呻き声と共に義弟が告げる。耳朶を揺らすその宣言に、美代子の脳内が痺れていく。

腹の奥で熱が膨れ上がり、美代子の意識が引きずられる。

「あぁッ、いく、あ、イクッ、イクぅぅぅぅぅ……ッ」

優二の射精を待たずして、美代子の全身が痙攣した。

今まで必死に突っ張ってきた抵抗がはかなくも消え去ってしまう。さんざん受けてきた屈辱が反転した、あまりに強い闇の快楽が美代子を打ち据えた。

（ああっ……イッてしまった。本当にお尻の穴で絶頂してしまったんだわ）

「くう、ケツイキの痙攣が伝わるぞっ。出すぞ、美代子ッ」

快美の引き攣りを繰り返す女体に駄目押しをするように、腸内で優二の白濁が爆ぜる。えら張った肉茎が脈動し、美代子の中を真っ白に染めていく。

「出て……出てる……うあぁ、お尻の、奥で……」

腸壁射精の温度が、絶頂を迎えたばかりの女体を征服する。

（あぁ、お尻……排泄の穴で、こんなに乱れてしまうなんて）

「フウ……ふぅ、ケツ穴中出しは、最高に気分がいいな」

破滅さえも予感させる強烈な快感は、簡単には引いてくれなかった。

もったいぶるように優二が身体を揺する。伸びきった美代子の肛門を伸ばすようにペニスを引き抜いていく。

「あっ、ああんッ」

粘着質な音を立てて亀頭が尻穴から抜け出た瞬間、排泄にも似た開放感に美代子は声をあげた。

「ふふ、間に合ったみたいだ。よかったね、お母さん」

「え……なにを……ああっ」

美代子はその瞬間に思わず口を手で押さえた。バスルームの扉を開く音がしたのだ。汐里が、愛しい娘が入浴を終えた。

汐里に行為を悟られなかった安堵よりも娘の存在が、ついさっきまで頭から消えかかっていた己の薄情さに美代子は蒼白になる。

(お尻で感じすぎて……汐里のことを忘れるなんて)

震えながら服を纏おうとする美代子を、優二は嗜虐的な顔つきで眺めていた。

3

汐里に続いて、まるで逃げるようにして美代子は入浴を終えた。

義弟につけられた汚れを、そして未だに疼きつづける妖しい感覚を洗い落とすようにシャワーで身体を流した。

（忘れてしまいたい。おかしな私を……なかったことに）

優二と汐里を同じ空間に二人きりにするのは気が引けたが、風呂から上がってみると、汐里はすでに自室に戻って眠っているようだった。

いくら邪淫な義弟でも、誰かれかまわず手をつけるわけではないらしい。狙いはあくまで美代子ということだろう。

（そうよね。汐里はまだ子供だもの。いくらこの人でも手を出すわけが）

「さてさて、それじゃあ僕もお風呂をいただこうかな」

優二の言葉を聞いて美代子はびくりと跳ね上がる。安堵したり緊張したりと忙しく、心に安息が訪れない。

「もちろん美代子さんもいっしょに入ってくれるだろう？」

「……いいえ。ついさっきいただきましたから」

「なんだ。せっかくこの家のためにあくせく働いてる義弟が泊まりだっていうのに、入浴の手伝いもしてくれないのか」

あまりに自分勝手なことを、しかも自信満々に言われ、美代子の罪悪感が刺激された。こんな言い分はおかしいとわかっているはずなのに。

（おかしいわ……さっきから、私）

仏間で犯され、めくるめく絶頂を味わわされてから、この男のことを強く意識してしまっていた。

今までのような嫌悪や警戒心からではない。奇妙な熱が、美代子の胸の中で少しずつ膨れ上がっていた。

（この人には逆らえない……楯突くのはだめ。従わなくてはいけない……）

あるいはそれは、抵抗しても無駄だという虚無感からくるものなのかもしれなかった。いや、そうでなければおかしい。

（こんな卑劣な男の言いなりなんて……絶対におかしいのだから）

「さ、いっしょにお風呂に入ろうね。アナルアクメお母さん」

結局、美代子はけらけらと笑いながら猥雑なことを言う優二のあとについて風呂場に向かってしまう。

互いに全裸となって浴室に足を踏み入れると、優二は身体を清めるのもそこそこに美代子を抱え、風呂の椅子に腰掛けた。

ゆるい水量のシャワーを股間に押し当てながら、優二の指が美代子の肛門あたりを這い回る。

「あんっ……あふぅっ」

ぬるま湯が敏感なクリトリスや膣口を刺激するので、美代子は鼻にかかった息をこぼしてしまう。

「さっき思いきり中出ししたからなぁ。お腹壊さなかったかい？」

「い、いえ……トイレに行ったので……」

腸内射精のせいで緩やかな腹痛に見舞われて、入浴前に手洗いに駆け込んだ。

シャワートイレの機能を使って、白濁まみれにされた腹の中を洗浄していた。

「ふうん……念のため見せてもらおうか」

「あぁんっ、いや、お湯が……入ってしまいます」

指で美代子の尻穴が拡げられる。シャワーヘッドを膣穴から肛門にずらし、中に湯を注ごうとしてくる。

背筋が震え、美代子は思わず仰け反って優二の胸板に身体を預けた。

出すべきものはすべて出し終えていて、もう美代子の腹の中にはなにも残っていない。

（はあぁ、入ってきたお湯が、そのまま出ていって……ゾクゾクする）

「本当だ。きちんと中が綺麗になっている。すぐに入れても大丈夫そうだ」

「んんっ……また、お尻に入れるのですか……」

自分の喉から出た声に、美代子自身が驚いた。声色（こわいろ）はまるで蜜のようにねばついて、これから起こることに期待を寄せているかのようだった。

（身体が……私の意志から離れてしまう）

さっきのような快感を送り込まれると思うと、腹の底が甘く疼いてしまう。

（こんな男、絶対に許さないと思っていた。今も思っているはずなのに）

「どうした、オマ×コが疼くのか？　ケツ穴だけじゃなくてオマ×コも犯してほしいのか。通夜の晩みたいに」

美代子の中に、仏間で組み敷かれたときのことが蘇った。

おぞましい記憶のはずなのに、あのとき膣穴に入り込んできた優二の感触が思い起こされた瞬間、美代子の割れ目の奥がじわりと熱くなった。

（この胸の昂（たかぶ）りはどういうことなの。どうしてこの人の体温を、もっと感じたいって思っているの……）

「欲張りだな、美代子さんは。オマ×コはこれで可愛がってあげるから、安心していいですよ」

「あっ、それは……いやッ」

優二が取り上げたのは、先ほども手にしたローションのチューブと、どぎついピンク色をした、男性器をかたどった玩具だった。

それをどう使うのかわからないほど、美代子は子供ではない。

「大人のおもちゃを使ったことはないですか？　兄貴の野郎はこういうの、好きじゃなかったのかな」

「やめて……あの人のことは言わないで」

亡夫との交わりでこういったものを使ったことはなかった。

（また、初めてをこの人に奪われてしまう……）

夫の知らない領域に、義弟がずかずかと入り込んでくる。

「まずはこの貪欲なケツ穴だ。ほら、バスタブに摑まって。俺のチ×ポを受け入れる準備をするんだ」

「ああっ……ひぁんっ……」

言われたとおりの体勢をとった美代子の桃尻が割り開かれる。

（ああ、アヌスが剝き出しに……またローションを塗られて）

指にたっぷり取ったぬめりを、肛門の内側にねちねちと塗られていく感触。美代子の全身が粟立った。

「入るぅっ……お尻に、オチ×チン……んくうぅ」

亀頭が窄まりに宛てがわれて、反射的に口から息を吐く。すると緩んだ菊門めがけて、優二のペニスが一気に入り込んできた。

もはや美代子のアヌスは、野太いペニスを拒まない。まるで肛肉でその幹を舐めしゃぶるように、たやすく肉茎を受け入れてしまう。

「もうずいぶんスムーズじゃないか。ふふ、わかるかい？　美代子さんの身体は、俺を受け入れるために作り変わっているんだ」

「いや、そんなの怖いわッ……」

怯えを抱きながらも、腰の奥からこみ上げる悦びは拒めない。

みっちりと内臓を埋め尽くされ、直腸と結腸の境目を亀頭で小突かれるたび、膣穴からぶぢゅぶぢゅと愛液が溢れ出た。

「ここからがお楽しみだ。この物欲しげなオマ×コにも棒をくれてやらなきゃ」

「いや、どうか……そんなの、入れちゃったら……ひうぅンッ」

膣口につるんとした感触が当たったと思った次の瞬間、もう美代子の肉穴は貫かれていた。リアルに男根をかたどった張形が、一気に入り込んでくる。

「くふうぅうーーっ……うぅ、く、苦しいっ、子宮が圧されるぅっ」

膣とアヌスの境目の壁が擦れる。

「おぉ、おぉ……これはきついな……ケツ穴越しに、オマ×コでディルドが動いているのがわかりますよ」

そう言って優二は、膣穴をえぐるディルドを思いきりピストンさせはじめた。

まるで美代子というよりも、肉壁越しの自分のペニスを刺激するかのような乱暴な手つきだった。

「あっくうぅっ、壊れちゃうぅうぅッ」

頭を振りかぶり、美代子はもはや我を忘れて吼えた。二つの穴を同時に犯される衝撃と破滅的な快感は、彼女を壊していくようだった。

ディルドを出し入れされるたびに泡立った愛液が卑猥な音を立て、同じように熱杭に犯されている直腸からも粘つく液体が滲んでくる。

その液体によって摩擦がどんどんスムーズになり、美代子の意識はピストンで突かれる快楽それだけに集結していく。

（なにも考えられなくなってしまう。膣穴とお尻がイイッてことしか、わからなくなっている……）

気がつけば美代子の腰は悩ましく蠢いていた。優二が打ちつけるのを待つだけでなく、自分から動いて気持ちよさを貪ろうとしている。

「ふふ、淫乱なケツマ×コだ。俺のチ×ポをしごくためにあるみたいな穴だ」

「あふっ、あっ、あッ、ひどいこと、言わないでぇ」

「褒めてるんですよ。美代子さんの淫乱なアヌスをね」

熱が腸壁を容赦なく押し上げる。美代子は身を反らせながらこみ上げる愉悦に耐えるが、その忍耐を崩そうとするように膣穴のディルドが強く動かされる。

「あぁ、中がめくれちゃうッ。優二さん、どうか許してッ」

「許しますよ。どこまでもド変態な美代子さんをね」

ディルドの抜き差しをやめないまま、義弟の律動はどんどん激しくなる。腸壁と膣肉を同時に摩擦して、どす黒い快楽の底へと落とし込もうとしてくる。

「あぁッ、いっ、あっ、イッ、イッちゃううっ」

こみ上げる激感に耐えかねて美代子が叫ぶと、優二の笑い声が響いた。身体が揺れるのを粘膜でも受け止める。

「美代子さんから言ってくれるのは初めてだな。いいんですか？　あなたをイカせようとしてるのは夫じゃないんですよ」

「……っ、うぅっ、だ、だって……でもッ」

ここまで身体を刺激しておいて、自分をなじるようなことを言う義弟を美代子は瞬間的に憎む。しかしその感情はすぐに流されてしまう。耐えられない。

「もう我慢できないんだもの、アソコもアヌスも火がついちゃってるのぉッ」

そう言い放ってしまうと、美代子の中のつかえが取れたようだった。心の箍が弾け飛び、ただこの男の与えてくれるものに酔いしれてしまいたいと願う。

「イキたい、イキたいんですぅっ。絶頂したいの」

「ははは、やっと素直になったな。いいよ、イカせてやる。また俺の精子をケツで飲むんだ。いいなッ」

言うなり獰猛な本性をあらわにし、美代子の腰を潰すように握りしめて優二が下腹をぶち当てる。

「ひッ、あひッ、イクぅ、優二さんッ、イクうぅぅっ」

「はあっ、イクぞ、美代子ォ、直腸でアクメをキメるんだ。おおっ」

「あひあぁああぁあぁッ、あぁっ、あああああーッ」

溶岩のようなザーメンが直腸を通り越して結腸まで入り込んでくる。熱を浴びながら美代子の全身は絶頂に打ち震えた。

目の裏側でばちばちと火花が飛び、今まで感じたことのない大きな達成感と心地よさが脳内に飽和していく。

「はぁ……ずいぶん派手にイッたな……チ×ポが食いちぎられるかと思ったよ」

言いながら優二はゆっくり腰を引いた。同時に膣穴に差し込んでいたディルドもぬるりと引き抜かれ、美代子の身体は崩れ落ちてしまう。

（征服されてしまう……この人に……）

しかしどうしてか、その予感は心地よい疼きを伴っていた。

第四章　狙われた処女肉

1

「あンッ……いやぁん、お腹の底を突かないでぇっ」

美代子の喉から、甘えるような声が迸(ほとばし)った。

「いい具合だよ、美代子。すっかりセックスにはまってきたじゃないか」

今や義弟は美代子を呼び捨てにする。まるでその身も心も、はじめから自分のものであったかのように振る舞っていた。

美代子にとっては複雑なことだったが、優二の力で身辺整理や事故の手続きが終わりつつある。

今日の昼には事故相手の四十路の男が、自身の妻を連れて謝罪にやってきたが、当然のように優二も同席した。

こういう場面で女性ひとりだと舐められる、謝罪なんて言っているが相手を信用しきっちゃいけない、美代子さんは僕が守る——そんなもっともらしいことを言って、またも高崎家に踏み込んできた。

無事相手夫婦が帰宅したあとも図々しく居座り、もはや家族の一員であるかのような顔をして今夜も平然と泊まり込んだ。

「それにしても、こうして夫婦の寝室で交わるっていうのはいい気分だな。まるで本当に夫婦じゃないか。なあ、美代子」

「くふぅん、言わないで、そんなこと」

膝を立てさせられた後背位で何度も突き上げられ、美代子の口から出る否定の言葉は弱々しい。

(ここは、私と総一郎さんの場所だったのに)

二人が絡まり合っているのは、優二の言葉どおり夫婦の寝室だった。

何度も夫と愛を交わしたクイーンサイズのベッドの上で、その弟のペニスを受け入れている。

仏間に布団を敷いて優二を泊まらせ、美代子はいつものように一人でこのベッドを使っていたが、彼はさも当たり前のように寝室に入り込んできた。

「あんッ、いやっ、またお尻を……剝き上げないで」

そのうえ犬の交尾のような格好で美代子を犯すだけでは飽きたらず、無防備な双臀を左右に割って尻穴をさらけ出させる。

汗ばんだ尻肉に包まれていた肛門が外気に晒されて、美代子は震え上がった。

「ふふ、どうだい。夫婦の寝室だった場所で尻の穴を剝き出しにされる気分は」

「恥ずかしいっ……駄目、お尻は許してください」

「こんなにいやらしいアナルをしておいて、許してくださいもないだろう」

美代子自身は気づくことができないが、何度も優二に犯されたことで彼女の尻穴は見た目にも変化が現れていた。

ペニスを受け入れることを知った肛門は、ぷっくりと色づいてまるで唇のようだ。ストイックに収まっていた肛肉が膨れている。

(前よりずっと、肛門が柔らかくなっている……指が入りやすくなって)

「あふぅっ、指……入ってくるぅ……」

今もこうして、優二の人差し指をたやすく呑み込んでしまう。ねっとりした腸液がすぐに滲み、粘膜はまるで媚びるようにトロリと溶けた。

「いい尻だ。今まで言い寄ってくる女は手当たり次第抱いて虐めたが、こんなオマ×コみたいな尻をした女はいませんでしたよ」

淫靡に笑いながら優二が指を回し、肛門を通り越して腸壁を撫でていく。

きつい肉の門が開きっぱなしにされ、その奥の内臓をなぞられる感覚は何度味わっても美代子を惑わした。

いやいやをするように首を振り、ふだんと違ってセットしていない黒髪を乱し、どうにかこみ上げる異質な快感を身体から逃そうとする。

(あぁぁ、身体を揺するほど……お尻、入ってるものを強く感じてしまう)

「うぅンッ、どうしてぇ……お尻、お尻気持ちいいのッ」

ついにこらえきれない思いが言葉になって美代子からこぼれ出す。

まだ優二の巨根をやすやすと呑み込めるほど慣れてはいないが、指程度の太さなら十分に味わうことができた。肛門や直腸を掻き回される快感が、美代子を牝に成り下がらせていく。

「ははは。さんざん邪険にしてくれたが、犯されるうちに目覚めてしまったね」

「うくぅ、お尻がいけないの……あなたが私をこんなにしてっ」

「義弟に尻を犯されて悶えるなんて、とんだ淫乱未亡人だな。それが美代子の本性か。どうなんだ？」

「違いますッ……お願い、ひどいことを言わないで」

本当に違うのか。

今まで信じてきた、総一郎と共に歩んできた高崎美代子はハリボテ、ただそうありたいと己（おのれ）に言い聞かせてきただけの人格だったのではないのか。

（本当の私は……優二さんに犯されて、逆らえなくて……お尻で気持ちよくなってしまう、動物みたいな女なのでは……）

美代子自身にももはやわからなくなっていた。

「違うとすれば、美代子は俺に惚れているんだな。純真だった身体が、好きな男に犯されることで花開いているのさ」

「そんなことない……あなたに惹かれてなんかッ」

「違うのか。だったら真性の淫売だな。惚れてもいない男に犯されて感じているんだからな。まったく呆れたスベタだよ」

反論しようとした瞬間、優二が下半身を美代子の尻に叩きつけた。反り返った肉棒が膣穴をえぐる感覚に、ありとあらゆる思考が散りぢりになってしまう。

「助けて……助けてッ、あなたッ」

なにも考えられなくなった美代子の口から、とっさの叫び声が溢れ出る。

この悪魔のような男に陥落させられたくない。自分の欲望を認めたくない。そんな想いですがりつく相手は、もう亡き夫しか相手はいなかった。

「ふぅぅん、俺に犯されながらそんなことを言うのか」

そんな悲痛な声を、優二が聞き漏らすわけがない。

突然ピストンのペースを上げ、同時に尻穴へねじ込む指を二本に増やした。両穴をまるで削り取るように犯され、美代子は悶絶する。

「くっひぃんッ、お尻ぃ、ひぃぃッ、お尻の肉が伸びちゃううッ」

肛門が二本の指が引き抜かれるのにつられて高い山を作り、ぎちぎちと伸びきって痙攣する。かと思えば一気に押し込まれ、めくれ上がった粘膜を内側にめり込まされる。

それが膣穴を出し入れするペニスの感覚と同時に襲いくるのだから、美代子の頭の中はとろけたチーズのように崩れてしまう。

(これ以上犯されたら、本当におかしくなってしまう。この人に……優二さんに、お尻も膣穴も埋め尽くされて……)

もう美代子の中にはすでに、無力感のようなものが植えつけられている。どれほど抵抗しても結局優二にはかなわないという諦めがある。

それに連想させられるかたちで、今まで与えられた快感が肉体に呼び起こされてしまう。諦めた顔をして受け入れてしまえば、快感を手に入れることができる……。

そんなうつろいゆく心を、美代子はどうにか亡夫への想いや汐里への配慮でせき止めていた。

「俺を愛してると言ってみろよ。優二さん、愛してますって、ほら」

「くぅっ、言えないわ……思ってないものっ」

「へえ、いま自分を犯してる男を好きでもなんでもないって言うのか。こんなに濡らして、よくそんな嘘がつけたもんだな」

「ひ……ひいぃッ」

バチン、と大きな音が鳴り響いた。美代子の見事な白い尻に、優二の手のひらが振り下ろされたのだ。

痛みが反響するように広がり、叩かれた肌が腫れ上がるような錯覚を得た。

「こんなに俺を締めつけて、こんなにケツの穴を震わせて。これで俺を愛していないって言うなら、お前はただの淫婦だろうが」

「あうぐぅっ、叩くのはいやぁっ」

目尻に涙を浮かべる美代子の臀部に、もう一度平手が打ちつけられる。張りつめた肉を弾く音がして、再び響きわたるような痛みが美代子を襲う。

そしてその苦痛から逃れようと尻や腰をくなくなと振るうたび、挿入された優二の肉茎や指を強く意識してしまう。

逃げ場のない袋小路で、美代子は悪魔のような義弟にされるがままだった。

「くぅ……出すぞ、美代子。俺の精子を中で飲んで反省しろッ」

「ひぃっ、中は、あああぁあぁッ」

(い、イク……中出しされてイクぅっ)

優二の肉茎が膣内で張りつめた。同時に鈴口の先からマグマのように熱い白濁が迸り、まるで美代子の粘膜を撫で上げるように熱く絡みついた。

「ひあぁ、駄目、駄目——あああぁあぁあぁッ」

精を放たれた感触は、美代子を衝動的な絶頂へと追い込んだ。下腹部から真っ白な快楽が膨れ上がり、全身がバラバラになる錯覚を覚えるほどの愉悦を女の身体に送り込んでくる。

ほんの一瞬訪れる意識の死の中、美代子は自分というものが本当にわからなくなってしまった。

「たくさん感じて偉いね、美代子。もっと俺に甘えていいんだよ」

さっきの暴君のような態度が嘘のように、優二は優しく囁いた。

まるで家主の、夫のようなくつろぎぶりで、裸のまま美代子を抱きすくめる。

(この人は、私を絡め取ろうとしている)

優しく聞こえる声にねばつく情欲と独占欲が滲んでいるのを感じて、美代子はおぞましさにぞわりと肌を粟立たせる。

それなのに、自分を抱き寄せる腕を払いのけることができない。

(私は……この人をどう思っているんだろう……)

思考の迷路の中にいる美代子の耳を、ふとなにか小さな音が揺らした。

(なんの……音?)

しかし、それ以降はなんの音も聞こえてこない。

きっと疲れ果てた身体が錯覚を受け取ったのだ……そう決めつけると、美代子は複雑な思いを抱(かか)えたまま眠りに落ちていった。

2

あくる朝、母娘で仏間の総一郎への挨拶を終えてリビングで朝食をとっていると、ふいに汐里が口を開いた。

「お母さん……あのね」

食べかけのトーストを皿に置いて、同じものを口にしている美代子の顔をじっと見つめている。けれども美代子が汐里に視線を合わせると、ふっと気まずそうに目を逸らしてしまった。

「どうしたの？　美味しくない？」

「ううん、その……」

明朗な汐里にしては珍しく、なにかを言い淀んでいるようだった。

しかしやがて意を決したように母を見つめた。あどけないながら、美代子によく似た美貌だ。成熟したなら、さぞ美しい女性となることだろう。

「お母さん、優二おじさんのこと……どう思ってるの？」

訊(き)かれた瞬間、美代子の心臓が嫌な音を立ててぎくりと蠢いた。

（まさか、汐里に私たちの関係を知られた？）

あんな悪魔のような男に強要された関係を、愛しい娘に知られたとなっては取り返しがつかないことになる。

（駄目、うろたえるわけにはいかないわ）

どうにか心を落ち着かせ、思い詰めた様子の娘の顔を見つめ返す。

「どう思うって、ただのおじさんよ。お父さんの弟。今は手続きのことでお世話になってるから、顔を合わせることが多いわね。汐里、気になるの？」

「気になる、っていうか……おじさんは、お母さんのこと、どんなふうに思ってるのかなって」

「どうしちゃったの。お母さんをとられちゃうかもって、不安なの？」

内心では冷や汗をかきながらも、強気におどけてみせる。

「大丈夫よ、心配しないで。お母さん、家族一筋だもの」

「でも……お父さんは、もう」

「見えないところに行っちゃっただけよ。お母さんの心の中にはずっといるの。他の男の人のことなんて考えられないんだから」

美代子が微笑むと、汐里の顔から不安の色がみるみる消えていく。

「さ、早く食べましょ。学校に遅刻しちゃうわよ」

「うん……ごめんね、お母さん。変なこと訊いちゃって」

気を取り直したように、汐里がトーストを口に運ぶ。

（この子に気づかれるわけにはいかないわ……）

夫が死に、今や娘を守れるのは自分だけなのだ。その実感が、美代子の中で改めてはっきりと形になる。

同時に今やすっかり我が物顔で自分を抱く優二をどうすればいいのか、答えが見つからなくなり心が重くなる。


「あンッ……優二さん、やめてください」

朝方娘を守らねばならないと決心した未亡人は、平然と家に上がり込んできた義弟に身体を好き放題いじられていた。

連絡もなくやってきた優二は、家族の団らんの場所であるリビングで、美代子の熟れた豊満な肉体に触れている。

レースカーテンからは夕陽が差し込み、食卓を茜色に染めていた。

「汐里が……汐里が帰ってきてしまいます」

もうすぐ娘の学校が終わる時間だ。部活動に所属していない汐里は、そろそろ下校して我が家に帰ってくるはずだった。

「美代子の胸はたまらないな。尻もすごいが、おっぱいも格別だ」

美代子の声など無視して、優二は豊かな乳房を服越しにまさぐった。シックなブラウスに包まれた柔肉が、男の手のひらに揉まれて苦しげに歪む。

(なんていやらしい手つきなの。指から支配欲が伝わってくる……)

「この見事な胸の持ち主の娘にしては、汐里ちゃんのおっぱいはずいぶん控えめに見えるなあ。発育途中かな」

「あ、あの子をそんな目で見るのはやめてっ。まだ子供なんです」

「どうかな、子供は親の知らないところでいろいろ学ぶものだからな……」

思わせぶりなことを言いながら好きなだけ乳房を味わう手指の感触に、美代子はゾクゾクしながら内股を擦り寄せた。娘が帰ってくるという危機感があるのに、ねちっこく胸を揉まれることから逃れられなかった。

(感じてしまう……この人の思いどおりに。だんだん乳首が硬くしこって)

そんな戸惑いを知ってか知らずか、優二の指は乳首を探り当て、その突起を豊かな乳肉にめり込ませるように強く押し込んでくる。

「ンンンッ、乳首は……」

「服越しに触ってるだけだというのに、敏感すぎるな。こんなんじゃ、ふだんから服に擦れただけで気持ちよくなっていそうだ」

言いながらさらに強く乳首を刺激し、美代子の官能を疼かせる。

「フフフ、そろそろオマ×コを触ってほしいんじゃないか？」

「いや、いやです……本当に汐里が帰ってきちゃうっ」

「俺よりも汐里ちゃんが気になるのか。傷つくなぁ」

勝手なことを口にして、優二は突然美代子の胸から手を離した。

「なんだか汗をかいてしまったよ。いっしょにお風呂に入ってもらおうか」

「ですから、汐里が帰って……」

「逆らう気か？　お前の痴態の写真を、ご近所中に配って歩いてもいいんだぞ」

優二の顔に怒気がみなぎる。その言葉がただの脅しではないという説得力を持たせるには十分な表情だった。美代子は怯え、結局従わざるをえない。

(言うことを聞いている間は、それ以上のことはされないのだから)

まさか優二だって、本当に自分たちの関係を汐里に知らせたいなどとは思っていないはずだ。そんなことをするメリットはないだろう。

我慢して彼を満足させ、汐里の前ではなにもなかったように振る舞えばいい。

美代子は本当にそう考えていた。どこまでも邪悪な義弟の思考など、理解できようもなかった。


高崎家の浴室は広いが、大人二人で入れば若干手狭だ。美代子と優二は、しっとりと湿った肌を密着させて淫戯に耽っていた。

「あふぁっ……また、お尻なのですか……」

「こんないい尻をして、いじられないで済むと思っているのか？　特に最近はチ×ポの味を覚えて、すっかりいやらしい穴になったんだからな」

下卑たことを言いながら、優二は臀部を突き出した美代子の尻に指を寄せた。

（アヌスの皺がこねくり回されて……んんっ、ヒクヒクしちゃう）

「わかるか？　美代子のアナルは俺のものになったんだ。俺が処女をいただいて、俺が拡張した。これはもう俺の穴だ」

征服欲を滲ませた声色で言い聞かせながら、優二の指が肛門に侵入した。

悔しいが優二の言うとおりだった。美代子のアヌスはすっかり開発されてしまっていて、入り込んだ指をうまそうにちゅぽちゅぽと舐めしゃぶっている。

（お尻が……勝手に受け入れてしまうの。この人の指を）

第二関節ほどまで挿入された指が鉤のように曲げられ、指の腹で内壁をなぞられる感触を、美代子は快感として受け取っているのだ。

全身が汗ばむのは、浴室の温度と湿気だけが理由ではない。美代子の肉体は、義弟の愛撫でどんどん火照っていたのだ。

「ヘタレの兄貴がいじらなかった場所だ。お前は夫にも犯されたことのない穴を、俺に許したんだぞ」

「あの人のことは……言わないで」

「そうやって罪悪感から逃げて、気持ちいいことだけしたいってのか？　美代子はずいぶん図太いな」

狡猾な義弟は、いつものように美代子の言葉尻を捕まえては揚げ足をとり、涼しい顔で追いつめていく。

いやいやと頭を振る美代子を笑い、さらに肛門に指をねじ込んでいく。今度は肘を使って、長いストロークで指を前後させる。

「おふぅっ……ふぁ、あぁ、出たり入ったりッ……」

美代子の口から恍惚の吐息がこぼれ、いよいよ尻穴は優二を受け入れるためにほぐれていく。

「この物欲しげなケツ穴に、今日もたっぷり太いのを味わわせてやるからな」

「ああっ、いやです……犯すのだけは許して。本当に汐里が帰ってきちゃう」

そんな弱気な抵抗を優二はものともしない。指を引き抜き、かわりに屹立した自分の肉棒を押し当てる。いつもどおりの火傷しそうなほど熱くなった亀頭に美代子は震えた。

「あぐぅっ……あああぁあぁっ」

心の準備もできないまま、優二のペニスが肛門を侵略しはじめる。びきびきに勃起した熱を直腸まで押し込み、美代子の腹の中を一気に犯す。

「おぉっ……おおうぅ、お腹……くふぅ、苦しい……」

「苦しいだけか？」

優二の言葉に歯を食いしばる。

（苦しいだけじゃない）

拡張された直腸、そして亀頭がわずかに触れる結腸は、ジンジンと痺れて快感をものにしていた。

「こんなにチ×ポを締めつけてくるケツ穴が、感じてないわけないわな。ほら、言うんだ。ケツの穴が気持ちいいですってな」

「あっくぅ、あくぅぅ……言えない」

「フン、素直じゃないな」

優二は舌打ちしながら、ぐっと腰を引いて美代子の肛門を刺激する。

「汐里ちゃんに知られたらどうなるかな。お母さんがウンチの穴を犯されて感じる変態だなんて知ったらショックだろうな」

「いや！　そんなこと言わないで」

「もういい母親の顔なんてできないぞ。俺にケツを犯されている時点で、なにを言っても説得力なんかないからな」

「ああいや、お願い、汐里には秘密にして……」

「なら、俺を喜ばせてみろ。可愛くおねだりできたら早く終わらせてやる」

そんな言葉はどうせ嘘だろうと思いつつ、自分を掻き乱す尻穴への快感から逃れたい美代子は、屈辱を押し殺す術をどうにか考える。

「あふぅ、気持ちいい……優二さんのオチ×チン……とっても……うぐっ」

わざとらしい媚びを遮るように、優二の腰の動きが始まる。

腰を引き抜いたと思えば思いきり押し込み、ペニスにつられて高い山を作った肛門をねじ込んで、美代子の肛門をめちゃくちゃにしていく。

「おぉっ、おっ、おおおぅっ、お尻壊れちゃうぅッ」

「ははは、演技臭く媚びられるよりもこっちのほうがいいな。美代子……お前はケダモノのように乱れるところが一番可愛いよ」

竿肌が腸管を摩擦し、めちゃくちゃにしていく。美代子の内臓の奥からいつものように腸液が溢れ出す。

(お尻が、熱い幹を揉んじゃってる。気持ちよくなってくださいって、私の粘膜が蠢いてしまっている)

「……」

ふと、優二の動きがぴたりと止んだ。半端に肛門を拡げられた状態になった美代子は、ハァハァと荒い呼吸をとめられない。

「あ、う……優二さん……?」

「いや、なんでも……フフ、途中でやめられちゃたまらないか?」

そう言うなりまた激しい律動が始まる。執拗に排泄器官を責められ、美代子はなにも考えられないほどに乱れた。

3

「どうしよう……」

学校から帰宅したばかりの汐里は、自室のベッドの上にいた。

早鐘を打つ心臓を手で押さえて、今しがた見たものを信じられない思いで反芻(はんすう)する。

(まさか本当に……お母さんとおじさんが、あんなこと)

玄関を開けたとたん、浴室から母親の声が響いてきた。ただの話し声ではない。苦しさに呻くような、ただごとではないものだった。

慌てて風呂場に駆け寄って、そして汐里はあっと声をあげそうになってどうにかこらえた。

わずかに開いた脱衣所の引き戸から見える浴室の磨りガラス越しに、母と誰かもう一人の影が揺れていた。

(間違いないよ……優二おじさんだった)

その証拠に、扉の向こうの美代子は、悩ましげに何度も彼の名前を呼んだ。

彼らがなにをしているのかわからないほど、汐里は子供ではなかった。

今までもおかしいと思うことはあった。優二が泊まった日、母が眠る寝室から奇妙な音が響いた気がして目を覚ましたこともある。

けれどいつも自分に優しく接してくれる叔父と、しっかり者で家族思いの母が淫らな関係にあるとは、どうしても想像できなかった。

(私、どうしたらいいの?)

物音を立てないように二階の自分の部屋に逃げ込んだが、ずっとこうしているわけにはいかない。母や叔父にどんな顔で接すればいいのか。

まだ動悸がおさまらない。何度深呼吸をしても、ドキドキと高鳴る心臓を押さえつけることができない。

(お母さん、お父さんが死んじゃって……悲しんでると思ってたのに)

二人はいったい、いつからあんな関係だったのだろう。なにも知らない自分のことを、どんな気持ちで眺めていたのか……さまざまな感情が汐里の中で渦巻いた。

(わかんない……大人って、気持ちの切り替えが早いのかな……)

美代子はどんな気持ちでいるのだろうか。父が亡くなってあれほど悲しんで、動揺していた姿は嘘とは思えない。

それがいつ優二を受け入れる決心をしたのか。そもそも二人は恋人と呼べる関係なのか……汐里にはわからないことだらけだった。

しかし、ぐるぐるとした思考の迷路は急激に打ち切られた。誰かが汐里の部屋をノックしたのだ。

いや、誰かではない。母か叔父かに決まっている。

「汐里ちゃん、帰っているんだろう？」

（こ、この声）

さらに心臓が高鳴る。扉の向こうから男の声が響いて、心臓以外の部分が氷柱のように固まってしまった。

「汐里ちゃん。おじさんだよ。扉を開けて」

「いやっ、待ってっ」

汐里の部屋の扉には鍵がない。ドアノブを回す音がしたので、汐里は慌てて立ち上がったが、遅かった。

ドアが開いて、さっきまで裸で母と絡んでいた叔父が姿を現した。

とりあえず優二が服を着ていることに汐里は奇妙に安心し、しかし同時にさっきまであんなことをしていた男が自分の部屋に入ってくることに恐怖した。

扉の隙間からするりと侵入してきた優二は、怯えた様子の汐里を見るとにやりと笑った。いつもと違う温度の笑顔が、少女の背筋を凍らせる。

「大丈夫だよ。君のお母さんなら、いま一階でのびてるから」

「どういうことですかッ」

「お風呂場でのセックスがよっぽどよかったみたいでねえ、リビングのソファで寝てしまった」

セックス。そんな言葉があまりにあっさり放たれたことに衝撃を受ける。

「見ていたんだろう？　いけない子だな。大人の情事を覗くなんて」

「じゃあ、やっぱり、さっきのは……」

汐里の脚がわなわなと震える。なにかの間違いだったという可能性が潰されて、自分の足元が、荒海に浮かぶ頼りない船になってしまったようだった。

（ばれてたんだ、おじさんに……）

覗きを知られていたことへの焦りは遅れてやってきた。どうしよう。こういうとき、いったいどうすればいいのか。汐里の少ない人生経験ではわかりようもない。

「私……み、見てないですっ」

「嘘までつくのかい。ますますいけない子だ。お仕置きが必要かな」

「いやあ、入ってこないで……んむっ」

優二は一気に汐里との距離を詰め、まず悲鳴をあげそうになった口元を骨ばった手で覆った。乙女の声はふさがれ、男はさらに詰め寄ってくる。

「んん〜っ……んふ、ふぐうぅッ」

一生懸命声をあげようとし、細い腕をついて叔父を拒むが、そんなものは大人の男である優二にかかればなんでもないことだった。

(男の人って、こんなに力が強いの……!)

突っ張った腕ごと汐里を押さえつけ、ベッドの上に倒してくる。

「いやッ、なにするのっ」

「お母さんがしばらく駄目だろうからね。かわりに汐里ちゃんに相手をしてもらいたいのさ」

その声に汐里は驚愕する。押し倒されながらこんなことを言われて、なにをされるかわからないほど子供ではない。

(でも……どうして？　おじさん、なにを考えているの？)

あどけない少女の中で描きはじめていた想像が裏切られる。汐里には理解できないが、母と叔父はすでに恋人関係で、家の中であんな行為に及んだ——そんな仮説が崩れ落ちる。

母のことが好きで恋人同士なら、自分にまで手を伸ばしてくるわけがない。

(この人……悪い人なんだっ)

その考えに至るのが遅すぎた。汐里は必死にベッドの上でもがいたが、腕力で男にかなうわけがない。

「いや、この……変態、変態男ッ」

「嫌われたものだなぁ……いつもは俺の顔見てさ、ちょっと赤くなってたのに。憧れの叔父さんといいことできると思いなよ」

勝手なことを言いながら、優二は汐里の控えめな胸に手を伸ばした。学校指定のクラシカルな制服の上を、男の手が這い回る感触に汐里はただただ震えた。

(怖い……怖いよ、助けてぇ、お母さん、お父さんっ)

さっきまで威勢よく張り上げていた声も恐怖で引っ込んでしまう。

「うん……やっぱり控えめなおっぱいだなぁ。お母さんには似なかったのかな？　まだ発育途中なのか」

「ひぃ……っ」

やがて服越しの感覚に飽きたのか、優二の手はセーラーブラウスをたくし上げて素肌に触れてきた。

「ふふ、まだジュニアブラジャーなんだな。派手なのを着けてるメスガキもいるんだけどなぁ、今どきの子は発育がいいから」

汐里の身につけている、コットン地の真っ白い下着を見て優二が好色そうな顔で笑う。その言葉で少女の恐怖に、同時に羞恥心が注がれる。

（恥ずかしいよぉっ……小さいおっぱい、気にしてるのに）

確かに学校では、大人用のブラを着けている同級生がほとんどだった。豊満な母に似ないスレンダーな体型は、汐里にとってコンプレックスだった。

それをこんなかたちで男に指摘されるなんて、恥ずかしくてたまらなかった。

「可愛いよ、汐里ちゃん。思ったとおりの純真な子だ」

縮こまる汐里を無視するように、優二はくすくすと笑いながらブラに手をかけた。

大きな指が探るように下着のまわりを一周する。

「なんだ、ホックじゃないのか。タンクトップだ」

「もう、やめてくださいっ……」

「ここからが本番じゃないか。汐里ちゃんの可愛いおっぱいを見せてくれよ」

優二の手に急に力がこもる。汐里の胸を覆っていたブラジャーを、鎖骨に向かって思いきりずり上げた。

（きゃあああっ！　見られちゃうっ）

控えめな少女の乳房と未成熟な乳首が男の前に晒され、汐里は心の中で大きな悲鳴をあげた。

「あんっ」

剝き出しになった乳首を、叔父の指がつまみ上げた。敏感な部分を刺激されて、汐里は反射的に声をあげて跳ねた。

「ふふ、感じるかい？　そこはお母さん譲りだねえ。淫乱の素質がある」

（おじさん……なにを言ってるの？）

あどけない汐里は、目の前の男の邪悪な思考を理解することができない。自分が母と比べられて肉体の感度を指摘されているなどと、わかるわけもない。

そのまま手のひらが薄い乳房全体を持ち上げ、味わうように揉み上げた。

（やだ、やだ、男の……おじさんの手が、私のおっぱい触ってる）

しかしあまりに肉の載っていない胸は揉まれるというよりも、肌を引っ張られるようになり、汐里に若干の痛みを与えた。

「おじさん、痛いぃ……痛いよぉ」

「ううん、さすがに未成熟だな。育てていく楽しみはあるが……」

叔父の舌打ちが耳に入る。まったく理解できない。この男が自分になにを期待し、なにが気にくわないのか。幼い汐里はただ怯えるしかなかった。

「ぱぱっと済ませてしまおうか。ほら、オマ×コも見せてくれ」

「えっ……いや、いやッ」

おぞましい言葉をあまりにたやすく吐かれ、ショックを受けている間に優二の手が汐里のスカートを捲り上げた。ブラとお揃いの白いショーツがあらわになり、悲鳴をあげる間も与えられずにそれをむしり取られた。

「きゃあああっ、見ないでぇっ」

下着に負けないくらい白い下腹部。産毛（うぶげ）のようなごくわずかな生え方をするあえかなアンダーヘアが、卑劣な男の前に晒される。

（駄目えぇっ、そこはだめ、おまた見ないでぇっ）

汐里のまなじりから涙が溢れ出した。優二に憧れていたのは確かだ。けれどもあくまで、自分たちを助けてくれる大人の男性として見ていたのだ。

この男に、誰にも見せたことのない場所を晒すなんて思いもよらなかった。

「この間言ってたよね、彼氏はいないって。当然処女なんだろう？」

汐里は反射的に首を横に振ったが、図星だった。異性と交際した経験はない。

「つまらない意地を張るんじゃないよ、汐里ちゃん。嘘はすぐにわかる」

「う、嘘じゃ……ないです……」

「ふぅん……確かめさせてもらうけど、いいね？」

優二が汐里の、枝のように細い脚を摑み上げて左右に割った。可憐な秘唇が無理やり開かれ、汐里はさらに悲鳴をあげた。

「駄目えぇ、見ちゃいや！」

未熟なクレヴァスから、薄ピンク色の粘膜が覗く。包皮に隠れきったクリトリス、左右に閉じようと震える小陰唇。どれもがすっかり熟した美代子とは比べものにならないあどけなさだった。

「いや！　お願い、おじさん。したくないっ」

「ふふ、これからなにをされるのかはさすがにわかるのか」

「セックス……セックス、するんじゃ……」

優二の喉が震え、けけけっと怪鳥のような笑いが迸る。

「そうだよ、セックスだ。おめでとう、汐里ちゃん。大人になれるよ」

「いやああっ、お願い……それだけはやめてください」

恐怖で萎縮する身体に無理やり力をこめて、汐里は最後の抵抗をする。脚をばたばたと動かし、全身を揺らし、なりふりかまわず暴れ回った。

「そんなに処女が大事かい。そんなのとっておいたっていいことなんてないぜ」

「くぅっ……は、初めては……好きな人と……」

つい、汐里から本音がこぼれ出た。

(本気で好きになって、付き合って、結婚する人とって……決めてたのに)

こんな邪悪な男に処女を散らされたくない。今はまだ知らない将来の恋人、夫となる人のために純潔を守りたかった。それがあどけない乙女の切実な願いだった。

優二はそんな汐里の言葉を聞いて、にやりと口角を吊り上げた。

「だったら、後ろの穴で許してあげる。それなら処女はとっておけるよ。大事な人のためにね」

「後ろの……穴……？」

突然優二の手が汐里の背とベッドシーツの間に滑り込み、少女の身体を裏返してうつ伏せにさせる。

汐里が驚く間も与えずに、小さな双臀を割り開いて尻の穴を剝き出しにした。

「ここ、ここだよ。君の可愛いお尻の穴を犯してあげよう」

「お、お尻の穴って……そんなことッ」

「大丈夫、心配ないよ。君のお母さんだってしてることだから」

（嘘……お母さんが……）

アナルセックスというものは、情報としては知っている。しかし自分や母がそんな行為に及ぶなどとは思いもしなかった。

「ひゃっ……あふぅ、なに……冷たっ……」

突然肛門を冷たくてぬるりとした感触が襲い、汐里の全身が粟立った。慌てて振り返ると、優二がなにやらチューブを取り出して、そこから出した液状のものを汐里の尻に塗りたくっていた。

汐里が知るわけもないが、美代子にも使用した潤滑ローションだ。

「すぐ馴染むよ、これがないとさすがに……こんなぴちぴちのケツ穴には入りそうにないからな」

肛門のシワを揉みくちゃにするように指が動き、ついに肛口に侵入する。体温と摩擦で温められたぬめりが、汐里の尻の内側をべとべとにしていく。

（やだ……やだ、なに、この感じ……お尻がムズムズしてる）

「だめ、あぁ、ほじくらないで……うぅぅ、お尻、開いちゃうよ……」

優二の喉から愉悦の声が迸る。ほとんど色素の沈着のない、ぴちりと締まった肛門。指を第一関節まで入れるだけでもきついのに、汐里の反応は素晴らしい。

優二の指をまったく拒絶していないのだ。肛門の肉がまるで吸いつくようにまとわりつく。

（へ、変な気持ち……なんでこんなにぞわぞわするの）

汐里自身もその異変を感じ取っていた。ここはただの排泄器官。出すための穴。ずっとそう思って疑うことなどなかったのに、いま叔父の指を入れられて奇妙な気持ちになっている。

「ふふふ、オマ×コもヒクヒクしてるな。君は才能がある」

優二はすぐさま肘まで使って指を前後させる動きに切り替えてきた。それに合わせて肛門が開いたり閉じたりし、汐里の腰の奥にじぃんと痺れが広がった。

（やだ、お腹の奥がむずむずする……どうしちゃったんだろう）

さんざん汐里のアヌスをこねくり回し、優二が指を引き抜く。穴と指を腸液混じりのローションの糸が繋いだ。

「おじさ……私……ああッ」

間髪入れず、今度は剝き出しにしたペニスの先端を肛門に押し当ててくる。

（オチ×チンだ……これが、男の人の……）

子供の頃に父親のものを見たきりのペニスが、自分の尻の穴に押しつけられている。その事実が飲み込めずに目眩を覚えた。

だというのに、身体だけが先に順応していく。汐里の肛門はまるで奥に優二を誘い込むように、きゅうきゅうと収縮した。

「入れられたがってるね。スケベなケツ穴だ……ここは母親譲りなのか」

「いや、ああぅ、入れないで……いれ……うぅッ、うぐぅぅぅぅ」

汐里の全身が圧迫感で縮み上がった。優二のいきり立った肉茎が、ついに汐里の排泄穴に侵入してきた。

（入ってる……ほ、本当に、オチ×チンで犯されちゃってるよぉ）

さっきよりずっと太いものを入れられ、くぐもった声が溢れて止まらない。

その威圧感から逃れようと、本能的に汐里は四肢に力をこめて前へずれ込む。しかし優二は汐里の腰をがっちり摑んで、決して離そうとしない。

「あはぁ……ああ……お、おしりぃ……ンンンッ」

汐里は自覚できないが、彼女のアヌスは優二の肉棒を歓迎してしまっていた。腰を少し押し込むだけで簡単に奥が開いていく。

「くおぉ、すごいぞ……ここに限って言えば美代子よりも具合がいいくらいだ」

（美代子って……お母さん……私、お母さんと比べられてる）

不思議な感覚が汐里を襲う。優二のペニスが直腸を圧迫するたび、膣穴がきゅうっと疼く。お腹の底が熱くなるような、初めての感覚だった。

（これ……気持ち、いい……）

一度自覚してしまうと、もう止められなかった。そうだ気持ちいい。自分は今、確かに快感を覚えているのだ。

（無理やりなのに。こんなひどい人に、お尻の穴を犯されてるのに……お母さんと、比べられたりしてるのに……）

さまざまな感情が汐里の中で渦巻き、そして気持ちいいという一点に収束していく。

「おおぉっ、お、おじさあんっ……いや、私、おかしくなっちゃうッ」

まだ喘ぎ方も知らない無垢な少女が、肛門性交で獣のように吼える。優二はその様子に大きな満足を抱いたのか、勢いに任せてペニスに体重をかけた。

「うぐうぅぅーーーっ……裂けちゃうううぅッ」

「すごいな……ハァ、汐里……君にはアナル奴隷の素質があるぞ」

苦しげに悶える汐里に邪悪なことを言いながら、優二の腰がバウンドする。容赦ない動きで汐里の肛門を打ちのめし、肉胴を肛門でしごきだす。

「あうッ、あッ、あひぃ、お尻が灼けちゃううぅ」

汐里の指ががりがりとベッドシーツを引っ掻いた。襲いかかる快楽の持っていき場もまだ知らないのに、尻穴だけは一人前に性感をものにしている。

「いいぞ、汐里。このままおじさんのザーメンをケツで飲むんだ」

「う、うぐ……ザーメンって……」

どんどん霞んでいく意識の中で、叔父の言うことをどうにか理解しようとする。しかしどんな思考も、きちんと形を持つ前にアヌスを突き犯される感覚の前に消え去ってしまう。

（気持ちいい、気持ちいいっ、お尻の穴が気持ちいいっ）

もう、汐里は肛門性感の虜だった。

「出すぞ、汐里。くおおおっ」

「あ……あッ、あぁぁあぁぁあぁぁッ」

瞬間、汐里の中で熱いものが迸った。尻穴をねばつく液体が焼き切っていくようだった。その激感に押されるようにして、汐里の意識もバチンと弾けた。

「ひあっ、あぁぁッ、くる、なにか……きちゃううぅぅッ」

尻の奥で破裂した熱さが下腹まで染み出す。その熱さがさらに全身に広がり、頭まで真っ白にしていく。

「来るぅ、ううぅぅ、うううぅぅぅぅーっ」

汐里の肉体が跳ね回る。初めて得た性的絶頂に翻弄され、わけもわからずただ打ちのめされていた。

「ハァ……お尻の穴がチ×ポを撫でるみたいに震えてるぞ。くくっ、汐里……君は最高の女の子だ」

「あ……あ、う……」

(もう、なにもわからない……考えられないよぉ)

汐里は痙攣しながら、悪魔のような男の囁きを聞いていた。

第五章　淫乱な媚粘膜

1

汐里は落ち着かない気分で、リビングの椅子に腰掛ける叔父を眺めた。

この男が自分を犯し、秘められた穴の処女を奪ってから四日ほど経過した。初めての経験に打ちのめされた汐里とは反対に、優二はなにごともなかったかのように振る舞っていた。

（おじさん……なんとも、思ってないのかな……）

行為の最中は、自分に襲いかかってきた優二が許せなかったはずなのに。

未知の快楽を与えられて絶頂に導かれた経験が、汐里に奇妙な心を抱かせてしまっていた。こうして叔父の姿を見ているだけで胸がどきどきしてくる。

が、同時に今までとまったく同じように——母の美代子とだけ関係を持っていたときと変わらないような態度をとられると、なんだか傷つけられているかのような思いにもなる。

(私にあんなことしたのに。もう忘れた気でいるの?)

自分が学校に行っている間に、また母と淫らな行為に及んでいるのではないかという疑いも首をもたげてくる。

(ずるいよ、お母さん……)

そんなことまで考えてハッとする。優二を憎むのではなく、母を羨んでいる自分が信じられない。

(お母さんは大人だから……私の知らないこともたくさん知ってて、おじさんとも、もう何回もエッチなこと……してるんだよね)

そんなことを思ってしまう。

興奮と快楽ではっきりと覚えてはいないが、自分を犯しているとき、優二は自分と母を比べるようなことまで口にしていた。

「あの、おじさ……」

「汐里、お夕飯の買い物につきあってちょうだい」

汐里がおずおずと口を開いた瞬間をまるで狙ったかのように、美代子がキッチンから姿を現した。

「お米がなくなっちゃったの。荷物持ちをしてくれないかしら」

汐里にとって、母の手伝いをするのは当たり前のことだった。いっしょに家事や料理をするのは、汐里にとって楽しみでもあった。

けれど今はどうしても素直になれず、母の様子をうかがってしまう。

美代子の顔はなんだか緊張していて、そのうえちらりと優二を見やっている。

(もしかしてお母さん、私とおじさんを二人っきりにしたくないのかな)

そう思うといろいろと考えてしまう。自分と叔父の関係が母にばれた？

それとも叔父が母に言ったのだろうか？　お母さんはそれを知って驚いている？

悲しんでいる？　怒っている？

(そうじゃなかったら……)

——嫉妬している？

そんな考えに行き着いてはっとする。嫉妬。そうだ、この感情は嫉妬だ。お母さんじゃなくて、私が嫉妬しているんだ。叔父さんとお母さんに。

「ごめん、お母さん……今、ちょっとお腹痛くて」

「あら、平気なの？　お薬飲む？」

「う、ううん。そこまでじゃないけど……でも、荷物持ちはできないかも」

汐里は嘘をついた。こんなこと、汐里にとって初めてのことだった。

「僕が手伝いましょうか」

優二がそういって腰を上げたので、汐里はにわかに焦ってしまう。これじゃまるで、母と叔父が二人きりになるチャンスを作ってやったみたいじゃないか。

「いいえ、大丈夫です。今日は車を出しますから」

「おやおや、残念だ。美代子さんとデートできると思ったのに」

（おじさん、やっぱりお母さんのこと好きなんだ……）

胸がざわざわした。もはや優二の言葉をただの冗談だとは受け流せない。

「それじゃ、汐里。お母さんは出るから、なにかあったら携帯にね」

「うん……行ってらっしゃい」

母の顔はやはり、なんだか思い詰めていた。ただ買い物に行くだけなのに、汐里のことをやたらと心配しているように見える。

自分がいなくなったとたん、なにかが起きると思っているかのように……。

2

「さて、汐里ちゃん。やっと二人きりになれたね」

美代子が家を出て、外のガレージから車の音が遠ざかったとたん、優二は汐里を振り返ってにやりと笑った。

その顔を見て、汐里の肌がぞわりと粟立った。悪寒なのか期待なのか、あどけない少女は、自分を襲う感情を判別することができない。

「この間みたいなことがされたかったんだろう」

「そんな……違います。本当にお腹、痛くて」

「震えてるよ」

(あっ、いや、触らないで……)

叔父の腕が汐里の手首を摑んだ。そうされて初めて、汐里は本当に自分が震えていることに気がついた。

同時に、優二に触れられている部分が、まるで微弱な電流が走っているかのようにもぞもぞと落ち着かなくなる。叔父の体温や力が伝わると、否応でも四日前の行為を思い出してしまう。

「お母さんに嘘までついて、僕とイヤラシイことがしたかったんだろう？」

「あ、あっ、待ってぇ」

優二の手が腰に回ってきたかと思うと、汐里の身体がひょいと持ち上げられた。そのまま毛足の長い絨毯が敷かれた床に横たえられ、汐里の未熟なはずの下腹部がじわりと疼いてしまう。

「とんだ淫乱だ。お母さんに似て好き者なんだな」

（お母さんに、似て……）

優二の言葉が、汐里の中にずくんと沈んでいく。

「お、おじさん……この間のこと」

そうして気がつけば、思いもよらない言葉が口からこぼれていた。

「お母さんに話したの？　私と、おじさんが……その」

優二は形のいい眉をくんとつり上げた。やがて口許も同じように上を向く。

「話してほしかったのかい。汐里ちゃんのケツ穴処女を、おじさんがもらったってことを。お母さんに」

叔父が発した露骨な単語に、カアッと顔が熱くなる。

「安心しなよ。まだ話しちゃいない。汐里ちゃんが初アナルでイッてしまうほどの淫乱だってことは、美代子さんは知りもしないよ」

（お母さんは、知らない……）

残念に思っている自分に衝撃を受けながらも、汐里は優二をじっと見つめる。

「なんだい、その顔。やっぱり知られたいのかい？　自分がお母さんに負けず劣らずのスケベ女だってことをさ」

「うぅっ……」

言葉でいたぶられているのに屈辱は感じない。汐里はただ恥ずかしい。顔だけではなく首まで……いや違う。全身が熱くなっていた。

優二は縮こまってしまった汐里に満足したようで、この間のようにねちっこい手つきで服越しの身体を撫で回した。学校から帰ったばかりの汐里は、まだ制服を身につけていた。

「いや……おじさん、またこの間みたいなことをするの？」

知らず知らずに期待に震える声をこぼす汐里に、優二は声をあげて笑った。

「その口ぶりじゃ、まるで俺が無理やりしてるみたいじゃないか。これは汐里ちゃんが望んだことだろう。おじさんに罪をなすりつけるなよ」

「私、望んでなんか……」

残った羞恥心が汐里にそんなことを吐かせる。実際はどうなのだろう。

(また、この間みたいなことされたいって……思っちゃってるのかな)

そんなの、いやらしい女の子の考えだ。

(私は無理やり、この人に犯されて……処女は許してって言ったら、お尻の穴にオチ×チンを入れられて……)

どう考えたってふつうじゃないことだ。ファッション雑誌の体験談なんかでたまに見かけた、レイプそのもののことをされた。

なのに自分はその相手を憎むどころか愛しく感じて……行為の最中だって、腹の奥からこみ上げる気持ちよさに包まれてしまった。

(私、いやらしい女の子……なのかな)

「汐里。はっきりさせておこう」

汐里。優二は自分を呼び捨てにする。声色も今までよりずっと冷たかった。

「お前は俺に犯されることを望んでいるんだろう。まだ処女のくせして、尻穴を犯される気持ちよさが忘れられない。そうだろう」

「そんなこと……」

自分を射抜く視線と居丈高に突きつけられる言葉に恐怖を抱く。

(こんなの、逆らえないよ)

汐里は優二から目を反らしながらも……小さく首を縦に振ってしまう。

「ふふん、認めたな。とんでもないメスガキだ」

身体をまさぐる優二の手が、下半身に集中する。規則正しいプリーツが刻まれた制服のスカートをめくり上げ、その下のショーツに指がかかる。

「ああっ」

汐里が息を呑む間に、小さな下着は一気にずり下ろされてしまった。

「二回目のご対面だ。かわいい子供オマ×コちゃん」

「いや……恥ずかしいこと、言わないで」

「割れ目から汁が出てるぞ？　言葉でなぶられて興奮するくせに、ポーズだけで恥ずかしがってみせるな」

(ほんとだ……私のあそこ、濡れちゃってる)

ふだんはぴたりと閉じているクレヴァスが、今はかすかに開いている。

「ほうら、ご開帳だ。まだマンカスが残ってそうなマ×コでも、一人前に濡れるんだからな」

「きゃああっ」

汐里は思わず悲鳴をあげる。優二の二本指が、汐里の割れ目を左右に開いた。にちゃりと音がして、桜色の粘膜が剝き出しになる。

「いやあ、いや、開いちゃ……しょ、処女が……」

「こんなことで処女膜が傷つくわけないだろ。本当に知識がないな」

優二は野卑な笑いを浮かべて指を離した。もともと本格的に奪うつもりはなく、ただ汐里の慌てる姿を見たかっただけらしい。

（この人、ひどいよ……）

なのに、そんな仕打ちにもぞくぞくと震えている自分がいる。汐里の中で、被虐の悦びが着実に芽生えだしていた。

「悪いけど処女にはあまり興味がないんだ。おじさんがほしいのは……」

この間のように、叔父の腕が汐里の身体をひっくり返す。うつ伏せにされ、そして尻は高く突き上げさせられた。

「そう、ここだよ、ここ」

「きゃあっ！　お、おじさんッ」

汐里はまたも悲鳴を漏らす。またお尻の穴をいじられる、という予想は当たっていた。しかし突き出した汐里の尻の谷間に叔父の顔がぐっと押しつけられるとは想像しなかった。

「間近で見ると本当に可愛らしいアナルだ。清楚にまとまってる。ここに簡単にチ×ポが入ってしまうんだから、女ってのは不思議だよ」

淫らなことを言う叔父の唇の動きや吐息が、汐里のアヌスに降りかかる。

(くふぅっ、おじさんの息がかかるたび……背筋がぞわぞわして)

窄まった尻穴が、この間の刺激を思い出してはきゅうきゅうと疼いてしまう。

(変だよ、お尻が疼いてきちゃう)

尻の穴に顔を近づけられるなんて、たまらなく恥ずかしいことをされているのに、汐里はそれを興奮に変換してしまっていた。

「さて……これから俺を受け入れてくれる穴にご挨拶だ」

「ひぃっ、おじさん……あぁ、あぁぁぁっ」

まさかと思う間もなく、汐里の尻穴をぬるぬるした感触が襲った。

生ぬるくざらついた質感の叔父の舌が、可憐なアヌスを舐め上げていく。

「だめぇ、おじさん。汚いよっ」

汐里の悲鳴など優二はものともしない。両手で汐里の尻と太股をがっちり押さえ込んでしまうと、さらに舌のざらつきを押しつけるように愛撫を強めた。

「汐里のケツ穴、美味しいよ」

「いやぁ、美味しいなんて……絶対嘘っ」

舌先がまるで一本ずつ点検するかのようにアヌスの皺を伸ばし、舐めあげていく。

最初はおぞましさと恥ずかしさにまみれていたのに、だんだんと汐里の肛門は以前の刺激を思い起こしていた。

肛門が震え、腹の奥からぬるりとした液体が溢れてくる感触がある。

(私、感じちゃってるんだ。お尻がウズウズして……おじさんのこと、ほしいって思っちゃってるんだ)

その準備として肛門がヒクつき、アヌスの周りを舐めるばかりの叔父の舌を、奥へ誘い込もうとしているのだ。

「くくっ、物足りないらしいな。貪欲(どんよく)なケツ穴だ」

狡猾な叔父は、姪のそんな疼きをたやすく見抜く。

「舌を入れてほしいか。この穴の奥に」

「あ、あぁうぅ……」

(入れてほしい……ざらざらの舌が入ってくる感覚、知りたいよ)

唇からだらしない声が漏れる。同時に汐里は、首を縦に振ってしまっていた。

「いい子だ。おじさんの舌で、このいやらしい穴を犯してやるよ」

汐里の尻穴に宛てがわれた舌がくんっと硬くなった。叔父が力をこめている。

「おぉっ、お尻に、入ってくるぅっ」

尖らせた舌が肛門をこじ開ける。肉の門を温かな粘膜で拡げられる感覚は、汐里に甘美な震えをもたらした。

（お腹の奥が熱いよぉ……お尻に……もっとって……）

汐里の内臓が切なく締まる。同時にアヌスもぎゅうっと窄まり、優二の舌をこれでもかと締めつける。叔父が笑うのがわかった。舌が引き抜かれる。

「はあ、舌を抜かれるかと思ったよ」

「ご、ごめんなさい……んんっ！」

謝る汐里を弄ぶ（もてあそぶ）ように、すぐにまた舌が挿入された。

縮みかけた肛門が再び押し拡げられる衝撃に打ちのめされ、汐里の身体を大きな電流が襲った。

「ひいっ、ひぐぅっ、ひぃぃぃっ」

まだ少女には理解しきれないが、甘いアヌス絶頂が汐里の全身を包んだ。

ねっとりした汁が、尻からも膣穴からも溢れ出す。

「ふふふ、イッちゃったねぇ」

急に全身の力が抜けてへたり込む汐里を見て、優二はにやにやと笑っている。

「満足したかい？」

「え……え？」

それは汐里にとって思いがけない言葉だった。

（もしかして……これで、終わりなの……）

確かに快楽は覚えた。しかしそれは、先日のような身体を尻から頭まで貫くものではなかった。なによりも優二はまったく満足していないはずだ。

（男の人は、オチ×チン……入れないと、気持ちよくないんじゃないの？）

いや、そんな思考すらもただの言い訳だった。

汐里は、もっと強い快感がほしかった。

（この間にみたいにオチ×チンを入れて……ごつんごつんってしてほしい）

「お、お、おじさん……」

「なんだ、まだしてほしいことがあるのか」

（この人……本当は全部わかってるんだ）

望んでいるものを自分から口にしないと、邪悪な叔父は満足してくれない。

「……ほ、ほしい、です」

優二の顔が嗜虐に歪む。無言で汐里の言葉の続きを待っている。

「おじさんの……オチ×チンが、ほしいんですっ」

「オマ×コの処女を破ってほしいのかな」

「ち、ちが……お、お尻にッ」

汐里はぎゅっと目を瞑る。下腹の疼きに任せて恥を捨てる。

「汐里のお尻の穴に……おじさんのオチ×チンを入れてくださいぃっ」

叫んだ瞬間、また尻穴がヒクついた。もう一刻も待てない。早くこの男のペニスがほしい。思いきり犯してほしい。

「いいだろう。かわいい汐里ちゃんの望みだからね」

優二は邪悪に微笑みながら、汐里の腰を荒々しく摑んだ。

第六章　母子凄絶アナル調教

1

「あぁぁっ、オチ×チン、入ってくるぅ……」

ローションを塗りたくられた汐里のアヌスが、叔父のいきり立ったペニスで引っ張り上げられる。

肛門の皺が亀頭で限界まで伸ばされ、汐里は内臓に走る鈍痛に悲鳴をあげる。

しかし、それは悦びを伴うものだった。

(これがほしかったんだ、私……おじさんので、お尻を奥まで犯されたかった)

優二に犯されてから、汐里はひっそりと自分を慰めていた。今までも手淫をいっさいしてこなかったわけではない。ぼんやりと淫らなことを思い浮かべながら、下着越しにクリトリスを擦って、小さく身震いし、それで満足していた。

けれど優二に無理やり身体を開かれてからというもの、汐里の中の牝が突然叩き起こされてしまった。

叔父にされたことを思い出しながら陰核を擦り、おそるおそる尻穴に触れ、たった四日のうちですっかり淫乱になりきっていた。

(でも、自分で触るのとは全然違う……)

自分の指程度のものなら、ローションを塗らなくても平気で入った。

指の腹で肛門の皺をマッサージするように撫で、第一関節くらいまでを尻穴に押し込んで指をくにくにと曲げ、ささやかな快感を覚えていた。

優二のペニスと抽送はそんなものとはまるで違う。

「オチ×チン、熱いよぉ。お尻がおじさんの形になっちゃう」

汐里は喘ぐ。三十六度の体温、肛門をみっちりと伸ばしきってしまう太さ、それを平然と根元まで突き込んでこようとする容赦のなさ。

そのどれもが汐里を骨抜きにしていく。もう完全に、汐里は叔父の虜(とりこ)だった。

「四日ぶりのチ×ポがよほどお気に召したみたいだな」

優二はたっぷりと愉悦を孕んだ声でそう言って、さらに腰を進める。カリ首が肛門を通過して腸壁を擦り、そして結腸の曲がり角にたどり着く。

「あうぐぅ、く、苦しい……」

「苦しいのがいいんだろ。尻の中をぱんぱんにされるのがたまらないんだろう」

そのとおりだった。圧迫感は汐里に快楽をもたらしてくれる。

えら張った肉傘が腸粘膜を擦るたび、汐里の腹の奥の奥からねちゃっとした液体が溢れ出す。

同時にまだ未通の膣穴からもとろりと愛液が垂れ落ち、少女の淫乱さを証明するかのようだった。

「すっかり女だな。お前も母の血を受け継いだ淫乱だ。汐里」

「お、お母さんの……」

「そうだ。お前の母親も俺に尻穴を犯されてひいひい鳴いたよ。君のパパの通夜の夜には、もうママは俺のものだったんだ」

(そんな、嘘……お母さんはあんなに悲しんでいたのに)

いきなり父が死んでしまってショックを受けながら、けれども汐里を励まそうと一生懸命頑張っていた。

通夜の夜も、葬儀のときも、あんなに思いつめた表情をしていたのに。

(裏では、おじさんとエッチなことしてたの？)

汐里の胸がぐあっと熱くなる。それは悲しみではなく、嫉妬だった。

「もしかして……おじさんは、お父さんが生きてる前から……」

「ん？　どうした」

「う、浮気をしてたの……お父さんに内緒で」

優二の身体が揺れ、汐里の中に差し込まれたペニスも震えた。笑っている。

「ははは、こんな状況でそんなことが気になるのか。抜けた娘だな」

「ああんうっ、あうっ、んんぅッ」

優二が腰を使いはじめる。汐里の下半身をぐっと押さえつけ、尻を的にするように自分の下腹部を押しつける。

ぷっくりとした亀頭が結腸を何度もノックする。腸壁を削るかのようにピストンし、汐里の穴を我がものにせんとめちゃくちゃに動く。

「安心しろ、兄貴が生きてる最中は手を出さないでいてやった。ま、もう死んでしまったんだから問題ないだろう。俺が君の次のパパになってやる」

「それは……んんふぅっ」

その言葉にときめきと、同時に嫉妬を抱き、そしてどちらもが快楽によって滅茶苦茶にされていく感覚に汐里は震えた。

「き、気持ちいいよぉ。おじさんにされるの、すごくいいっ」

(もう、気持ちいいことしか考えられないもん。おじさんのオチ×ポのことだけ考えてたい。お尻をズボズボされることだけ)

「お前は賢いよ、汐里。そうだ、変に抵抗したりせず受け入れるんだ。それがもっとよくなるために必要なことだ」

優二の言葉に、汐里はコクコクと頷いた。

(おじさんの言うとおりにすれば気持ちよくなれるんだ。私の知らなかったことを、たくさん教えてもらえるんだ……)

男の人に身体を委ねることが、こんなにすてきなことだったなんて……汐里はただひたすら、叔父に与えられる肛門の愉悦に浸った。

「おじさん、おじさん、おじさんッ」

ピストンで肉胴が肛門をめくるたび、汐里は叔父を呼んだ。

「おじさん、もっと……」

「汐里ッ！　あなた、なにしてるの！」

そして突然響いた大声に、とろんとしていた頭が一気に覚醒した。

「ああ……ああ、なんてこと！」

いつの間にか買い物から帰った美代子が、廊下から続く扉の前で立ち尽くしていた。車の音にも足音にも、行為に夢中になっていた汐里は気づかなかった。

「優二さん、あなた……し、汐里にまでッ」

母の顔は怒りと衝撃に歪んでいた。美しい眉根が締め付けられ、ふだんはアーモンドのようなくりっとした形をしている瞳は見開かれている。

「おやおや、お母さんが帰ってきてしまったねえ」

真っ白になった汐里の頭の中に、優二の暢気な言葉が入り込んでくる。

「なんてことなの……ひどい人ッ」

次に母の叫びが耳に入る。優二の言葉どおり、美代子は本当に自分と叔父の関係を知らなかったのだろう。

「ひどいかな。ねえ、汐里ちゃん。俺はひどい男なのかい」

「あ、あううッ」

優二が汐里の肛門からペニスを引き抜いた。太いカリ首が肛門を抜ける感覚の甘美さに、汐里は母の前だというのに媚声をあげてしまう。

（お母さんに見られちゃった……私がエッチしてるの、知られちゃったんだ）

「見てのとおりですよ、美代子さん。汐里ちゃんはお利口でねぇ、もうケツ穴セックスにハマッてしまっているんだ」

「あ……ああっ……」

美代子は口元に手を当て、ワナワナと震えた。まさか自分の娘がこんな淫らなことをしているなんて、想像もしなかったのだろう。

そう思うと汐里の中に罪悪感のようなものが初めて浮かんだ。

（でも、でも……お尻がうずうずする）

これは一大事のはずだった。母に痴態を見られるなんて、とんでもないことのはずだ。だが汐里の中には、それよりも大きな気がかりがある。

（半端なところで、オチ×ポ取り上げられて……お尻が勝手にヒクヒクしてる）

優二の舌でほぐされ、ペニスを入れられて追いつめられたというのに、肝心の絶頂は味わわせてもらえずおあずけになった。それがとても切なかった。

「おじさん……お母さん……」

わけもわからず小さく声をあげると、叔父がじろりと汐里を見た。直後に美代子を見やり、またあのときたま見せる、にやにやとした邪悪な笑みを浮かべる。

「フフン、これ以上娘さんを犯されるのが嫌だったら、お母さんがこれの相手をしてくださいよ。ほら」

優二が身を起こし、まだ勃起したままの肉棒を突き出した。汐里はそれを見て息を呑むが、どうやら美代子も同じようだった。

「まだこんなに硬いんだ。このままじゃどうにもならない」

「う……うぅ、でも、そんなこと」

「汐里ちゃんに手を出されるのも嫌、自分で相手をするのも嫌。まったくワガママな女だな。いいから来い」

居丈高（いたけだか）に言いつけられて、美代子は震えながらもリビングに足を踏み入れた。

（お母さんも……やっぱり、この人には逆らえないんだ）

美代子は震えながら、立ち上がった優二とまだ床にへたり込んだままの汐里の前に立った。優二はそんな美代子の肩を押してよろめかせると、そのまま汐里と同じように絨毯の上に転がしてしまう。

「汐里ちゃん、君のお母さんの本当の顔を見せてあげるよ。ママがどれだけ淫乱で恥ずかしい女かっていうのをね」

優二はまるで悪魔のように、ニヤリと凄絶な笑みを浮かべた。

2

「汐里ちゃんには美代子のすべてを見てもらおう。そこに四つん這いになれ」

優二は汐里の前で美代子に命じた。汐里の優しい母。生まれたときからずっと自分を育ててきてくれた温かな存在。父が亡くなった今となっては二人で手を取り合って頑張ろうと誓い合った尊敬の対象が、今は叔父の言いつけひとつで屈辱的な格好をする。

「ふふ、そうだ。美代子は素直に従っているときが一番可愛いよ」

「うぅ……なにをするのですか」

その問いには答えず、優二は部屋の隅に置いていたビジネスバッグをたぐりよせた。迷いのない手つきで、なにか黒いベルトのようなものを取り出す。

経験の浅い汐里にも、それが母を責めるための道具だということは理解できた。そんなものが鞄から出てくることに驚いてしまう。

「ああ、お願い……汐里の前なんです。変なことしないで」

「ずいぶんと反抗的だな。変態のくせして俺のすることが気に食わないのか」

母の雪のように白い腰に、ズボンのベルトのような黒い皮が巻きつけられた。

ぎゅっとバックルを締められて、美代子の口から小さくあうう、と声が漏れる。

さらに優二はそのベルトに、細いゴムバンドのようなものを取りつけた。四本のバンドの先端には銀色のフックがついていて、叔父はそれをためらいもなく美代子の尻穴に食い込ませた。

「あッ、あううッ！　お尻が痛いですッ」

四方から金具で引っ張り上げられ、美代子の肛門は強制的に拡げられてしまった。

白い肌と対照的に真っ赤な腸壁が、優二にも汐里にも丸見えになっている。

（ああっ、お母さんの内臓……赤くて、震えてて）

「はぁ、はあぁぁっ……うくぅ、苦しい……きつい……」

「本当に苦しんでる人のお腹の中はね、こんなふうになにか期待するみたいにヒクついたりしないんですよ。ねえ、お母さん」

そう言って、優二は拡げられてみっちりと張りつめた美代子の肛門を指で撫でた。

その瞬間、媚肉色の粘膜が大きくうねるように蠢いたのを、汐里は見逃さなかった。

（お母さんのお尻……すごくエッチに動いてる。オチ×チンを誘うみたいに……や

だ、私の穴までうずうずしちゃうよ)

汐里の犯され足りない尻の穴が、まるで美代子を真似るかのようにヒクヒクと痙攣した。

「お母さん、汐里ちゃんが見てますよ」

「いや、いや……汐里、見てはだめ」

叔父の煽るような言葉に、母は愚直に反応する。

拡張された肛門を晒す尻を、いやいやをするように振り立てた。しかしそんな拒絶の動きも、食い込まされたゴムバンドをより意識してしまうことになるだけのようだった。

「あうぐっ、優二さんお願い、これを外して」

「外しちゃったら、美代子のいやらしい尻を見てもらえなくなるだろう? ケツの穴の奥の奥まで晒して、親子の仲を深めるんだ」

「そんな……お願いです、汐里は巻き込まないで」

美代子の必死の懇願を、優二は鼻で笑う。

「もう遅いんだよ、汐里は俺のものだ。マ×コより先に尻穴を犯されて感じる、お前の血を引く淫乱娘だったよ」

「そんな、そんなこと！」

美代子は青くなりながら汐里を振り返った。その視線に汐里は居心地の悪さを覚えるが、同時に優二の力強い発言に胸を高鳴らせてもいた。

（私は、叔父さんのもの……）

心身共に未成熟な娘は、叔父の暴君のような身勝手さを男らしさと混同してしまう。あるいは父を失った心細さがそう錯覚させるのかもしれない。頼りになる男が恋しく、さらにはその相手が今まで知らなかった快楽を与えてくれる。世間知らずな娘が夢中にならないわけがなかった。

「汐里、お願い、見ないで。逃げて！　こんな人の言いなりになってはだめっ」

「お母さん……」

汐里の目には、母は心にもないことを言っているように映った。

だって母の尻の穴はこんなに震えている。あんなに苦しそうなものをつけられているのに、まるでもっとしてほしいとでも言うみたいに。

（おじさんにだって、本気で抵抗してない。なんだかんだ言って……本当は私に見られるのも嬉しく思っているんじゃ……）

母を疑い、その淫らさを軽蔑しながら強く惹かれる心が芽生えだしていた。

「よく見ているんだよ、汐里ちゃん。これが使い込んだお尻の穴だ」

「い、いや……あうっ」

優二の指が美代子の剝き出しになった腸壁に触れた。

その瞬間に母の肉体はビクリと跳ね上がった。それが苦痛や驚愕の反応ではないと、汐里はもうわかってしまう。母のうちにあるものは、きっと悦びだ。

「君のお母さんはねえ、俺にこの穴を犯されるのが好きで好きでたまらないんだ。見てごらん、こうして中の壁を擦るとね」

言いながら優二が二本にまとめた指を母の中にねじ込んでいく。鮮やかな色の粘膜を、容赦なくぐりぐりこねまわす。

「ああ、よしてッ、いやッ、やめてぇッ」

母は叫ぶが、その声色には甘い響きが混じっていた。同時に乱暴に愛撫された尻穴からはねっとりとした液体が滲んできて、優二の指を湿らせていた。

美代子の肛門は、すっかり優二を受け入れ慣れているように見えた。

(お母さん……本当におじさんと、お尻でセックスしてたんだ)

衝撃と嫉妬と、同時にこみ上げる淫欲で、汐里はじたばたと暴れだしたくなった。

見ているだけなんてもどかしい。

なのに優二は、自分には視線ひとつくれない。母の尻をいじり倒すことに夢中になっている。

（ずるいよ、お母さん。私だって犯されたいのに。おじさんのオチ×ポがほしいのに……）

いやいやと口先だけの拒絶を繰り返す母をじれったく思う。

（私が代わってあげたい。私だったら喜んでおじさんに好きにされるのに。あの金具だって、私につけてくれれば……）

汐里の中で肉欲が途方もなく膨れていく。半端にこなれさせられた肛門が疼き、奥からじわじわと腸液が滲んでくる。

「お、お母さん……」

「おやおや、汐里ちゃんが引いちゃってるよ。少しは抑えたらどうなんだ」

媚びるように肉穴をヒクつかせる美代子を言葉でなぶりながら、優二が指をさらに動かした。肘ごと前後させ、熟臀を揺らすように激しく凌辱する。

「おふぅ、おっ、おっ、おおおぉんッ……」

そしてその動きに翻弄されて乱れる美代子は、もはや母の顔をしてはいなかった。

ただ一匹の牝がそこにいるだけだった。

今の母の中では、きっと自分の存在などとても小さいのだろう。頭の中は優二の指のことでいっぱいで、もっと気持ちよくなりたいと肉皺を疼かせている。

汐里はそう思って母と叔父から目が離せなくなる。嫉妬もじれったさもある。けれどもこの二人がどこまで行ってしまうのか、それも激しく気になるのだ。

「もっといつもみたいに吼えたらどうだ。動物みたいな声をあげてみろ」

「できません、そんなことッ……あぁうッ」

「はん。ここまで感じてるくせして、まだ母親でいたいらしいな。つまらない意地を張る癖がなかなか治らないな」

ブルブルと熱っぽくかぶりを振った母に舌打ちして、叔父はまたビジネスバッグに手を突っ込んだ。今度はなにか銀色に輝くものを取り出して、それをすかさず美代子の尻にあてがった。

「ひッ、冷たいっ」

「金属製のアナルプラグだ。もう母の顔なんかできないくらい乱してやる」

優二が手にした責め具は奇妙な形をしていた。汐里の中に知識としてあった性具は、男性器をかたどったユニークなものである。

しかし母の尻に挿入されようとしているものは、なんとも言えない曲線と複数の球体を描いている。

（あんなものを入れられたら、どうなっちゃうの）

知らずのうちに固唾を飲みながら、汐里は母と叔父を見守った。

「あっふぅ、いや、入れちゃ……ああうッ」

美代子の肛門からゴムバンドを取り去ってしまうと、見覚えのあるチューブから垂らした透明な液体を尻に塗りつけていく。

「お願いします、そんなこわいもの入れないで……」

「お前が俺に命令できる立場なのか？」

冷血に言い捨てて、優二は美代子の尻に金属を宛てがった。その冷たさにか、期待にか、母の全身がゾワリと粟立つのを汐里は目の当たりにする。

「うっふぅ、ふくぅぅッ」

最初の球体がめり込んでいく。肛門が銀色の球を呑み込み、苦しげに蠢いた。母の身体はさらに大きく震え、異物感をいなそうとしている。

「入ってくるぅ……お尻に……冷たいものが……」

しかし母の口からこぼれた言葉と吐息には、隠しきれない恍惚感が表れていた。感じている。あんな異物を入れられて……。

（淫乱なんだ、お母さん。変なもの入れられてるのに、気持ちよくなって）

君は淫らだ、母親譲りだ——優二に繰り返し言われたことを思い出す。

それは本当のことなのだろう。母も自分と同じように、肛門で性感を覚えるいやらしい女なのだ。それを自覚して汐里はぞくぞくした。

「ふん、さっそく感じているみたいだな」

「い、いいえ、こんなの苦しいだけ……うぅぅッ」

複雑な形状の金属がぐいぐいと押し込まれていく。先端の球が腸壁を押し拡げながら入っていくのを想像し、汐里の肛門までもがないものねだりをするようにパクパクと蠢いた。

「へ、変な形……うぐっ、お腹の中が、お尻の壁が、押されて……」

「だろうな。これは美代子のためにあるような玩具なんだよ」

「どういう、意味……くっ、うあぁ、押し込まないでッ」

美代子の双臀が狂おしく暴れる。しかしそのたびに余計に肛門の中の異物を感じ取ってしまうのか、さらに身体が痙攣する。母は快楽の自家中毒の中にいた。

「この独特の形で、尻の壁越しにGスポットを刺激するようにできてるんだ。まるで美代子の弱いところを責めるためにあるものだろう」

「くうぅッ、そんなものを入れるなんて……あぁッ」

優二の言葉に、母の淫らな姿に、汐里の下腹部が強く疼いた。

「ほら、二つ目の球も入るぞ。ここまで来れば最初の球が当たるだろう？　ケツ穴越しの弱いところに」

「あうっ、あぁうあうあぁッ、おねがいッ、許して、いやあぁッ」

今までよりずっと大きい嬌声がこぼれた。

（お母さんのこんな声聞くの、初めて……）

いつも優しく自分や父に微笑んでくれていたあの母が、優二の言葉どおり動物じみた声で快楽に悶えている。

「お、お母さん……」

汐里は我知らずのうちにか細く母を呼んでしまう。優二は耳ざとくそれを聞き届け、ようやく汐里を振り返ってにたりと笑った。

「汐里ちゃんが驚いてるよ。お母さんがケダモノみたいな声をあげるから」

「ああ、し、汐里。聞かないで、見ないで」

「今さら遅すぎるだろう。もう汐里ちゃんには、お前がスケベな牝だってことはしっかり知られてしまったよ。遠慮を捨てて乱れきってしまえよ」

美代子はいやいやをするように頭を振った。しかし優二がさらに玩具の挿入を進めると、再び抑圧しきれない嬌声が喉から迸る。

「ああッ、当たるの、重たい感触が……お尻から膣穴を押してッ、くうぅ、私の中で……」

悶絶する母をさらに追いつめるように、優二は玩具をぐりっと回転させた。とたんに美代子の全身がこわばり、背筋が弧を描くように張りつめる。

いつの間にか汐里は、カーペットにへたり込んでいた腰を浮かせていた。腕を背後に回し、ひっそりと自分の手で尻穴に触れる。

(あっ、お尻、まだ熱い……)

さっきまで優二に犯されていたのと、母の痴態を見せられて高揚したせいだ。指で触れるだけでわかるほどに秘門が熱を持っていた。

その震える肉皺に触れ、ふっくらした肛門にわずかに指の腹を食い込ませる。

(自分でいじっちゃう。だってお尻のうずうずが止まらないんだもん)

「あっ……あっ、あ……ん」

汐里の口から、切ない吐息と喘ぎ声がこぼれていく。優二の舌や指、ペニスに比べればあまりにささやかな刺激だ。

だが、いま汐里の目の前には母と叔父の痴態がある。それを目撃しながらヒクつく肛門をマッサージするようにまさぐるのは、たまらないものがあった。

（お尻、気持ちいい……ここにまた、おじさんのがほしい）

ひっそりと甘い声を漏らす汐里の前で、優二の責めは熾烈さを増していく。曲線を描く金属を、肘まで前後させて激しく出し入れした。硬いオブジェが母の尻穴をえぐっていくのがはっきりと見えた。

「お尻の穴が……ああっ、めくれちゃうぅ」

優二が玩具を強く引き抜くたび、美代子の肛門が高い山を描くように盛り上がる。そうしてさんざん伸ばしきられた肉皺を、今度は玩具ごとみりみりと押し込まれる。反復運動を繰り返されて、美代子はなす術もなくひいひい鳴いた。

「どんな気分だ、肛門とGスポットをいっしょに突かれるのは」

「おかしくなっちゃうッ、お願い、もうやめて。狂わせないでぇ」

母の悲鳴は、目の前の男にとっては嗜虐を煽られるものでしかないようだった。優二は高笑いをすると、押し込んだ金属を激しく揺らした。

「あああっ、イクぅ、イクぅぅぅっ」

その瞬間に美代子の喉から痛切な声が迸った。大きな果実のような尻がブルンと震え、身体は何度も跳ね上がった。

「おお、すごいぞ。俺の手が負けそうだ」

玩具を咥え込んだ肛門が驚くほどの力で収縮する。金属製のプラグを呑み込んでしまうとするかのように蠢き、優二の指がつられて動いた。

「ふふふ、下品にイキ散らしたな。娘の前で。母親失格だぞ」

「あなたが……あなたが、そうさせたのに」

「責めたのは俺だが、絶頂したのはお前だろう。俺のせいにするのか」

「くふぅん……」

美代子にはもう、そんな言葉に抵抗する意思もないようだった。たおやかに床に突っ伏し、まだ熱の残る身体や尻穴をヒクヒク震わせながら、ただ力なく優二を見上げている。

「さて、ここからが本番だ。もうすっかりケツ穴はでき上がっているだろう？　俺のも簡単に入るだろうな」

「ああ、どうか許してください」

汐里の心臓がどきりと高鳴った。いよいよだ。

（私の目の前で……お母さんとおじさんがセックスしちゃうんだ）

「いくぞ、美代子。汐里に俺とお前の下劣な肛門交尾を見せてやるんだ」

優二は床に横たわった美代子の足腰を無理やり立たせ、発情期の動物のように尻を突き出させた。先ほど汐里が取らされたのと同じ体勢だ。

（本当に、セックスしちゃうんだっ）

汐里のひそかな自慰の手つきが激しくなる。指の差し込みが深くなり、第二関節ほどまでアヌスに埋没させては、手首を回して自分で腸内をまさぐった。

母はこれから、この指の何倍も太いものを尻穴に挿入される……そう思うと興奮が加速していく。未成熟な女性器もねっとり熱くなり、汐里は完全に秘唇を濡らしていた。

（犯されたい……ああん、おじさん、私のオマ×コも奪って）

この間は処女を守りたいがために尻を差し出したというのに、今はその場所すらも叔父に埋められたくてたまらなかった。

初めては痛いなんて言われている。でもきっと私なら平気だ。初めてお尻に入れられても気持ちよくなってしまうのだから。

（きっとこっちを犯されても平気……すぐに感じるようになるよ。おじさんのものになれるんだ……）

――そんな妄想が、頭の中で渦巻いていた。

「ひいいいっ、入ってくるぅッ」

そんな汐里を横目に、優二は美代子の尻を押さえ込み、肛門に亀頭を宛てがった。優二の言ったとおり、肉皺は十分にほぐれていた。ぱんぱんに張りつめた巨根をたやすく呑み込んでいく。

「ああ、ああ……いいぞ。やっぱり美代子のケツ穴は最高だ」

叔父が感嘆を漏らしたとたん、汐里の腹の中がカアッと熱くなる。それを私にもしてほしい……そんな気持ちが大きくなる。

「おおぉっ、おぉんッ、ンアアアッ」

同時に美代子も、弱い場所に一気に攻め入られて悶絶する。深く太い声を漏らしながら、叔父に尻穴を犯される快感に震え上がっていた。

「ええ、どうだ。この感じ具合は。お前は今目の前で娘が見ていることなんかより、娘が俺に犯されたということより、自分が気持ちいいことが大事なんだ」

「ああっ違います、そんなの違います」

否定の言葉はむなしく響くだけだった。汐里にすらわかる。優二の言葉は図星なのだ。太い肉の幹で犯されて、母は一瞬、自分のことなどどうでもよくなってしまったに違いない。汐里はそう確信していた。

(だって、あんなに気持ちよさそうなんだもん……)

母の薄情さにショックを受ける余裕はなかった。そんなことよりも、牝の顔で快感に喘ぐ母の淫姿への欲情と嫉妬が、汐里の中で大きくなっている。

下半身が美代子の熟臀に当たってパツンと音を立てるほど乱暴に、優二は肉茎を一気に奥まで埋め込んだ。

「おひぃ、おっ、おっ、おおおぉんッ」

肛門を伸ばしきって直腸を埋め尽くし、結腸まで届くペニスの感覚に、美代子はなす術もなく悶絶した。

「こうして奥を突かれるのが好きだろう。締まり上がった結腸をつつかれるのがたまらないんだろう」

「ひぃ……ひぃぃ、いやです、ああ、狂う……狂う狂う……」

優二が力強いピストンを始める。美代子の腰をがっちりと押さえ込み、憎しみすらこもっているような動きでペニスを出し入れさせる。

さっきの玩具と同じように、美代子の伸びきった肛門が盛り上がり、かと思えば押し込まれて蹂躪される。

（お母さん、すごく感じちゃってる）

母がその乱暴な動きに順応しているのを、汐里はしっかりと感じ取った。美しい面貌を歪めて、まるでケダモノのように吼えながらも、身体は叔父のペニスをしっかり受け止めている。

膣穴から滴った愛液が絨毯を汚す。アヌスも濡れきっており、前後する優二の肉竿はねっとりと照り光っていた。

「美代子……お前の穴は俺のものだ。俺のチ×ポを受け入れるためにある」

「ああ、そんな……くうぅぅ」

支配的に屈辱を与える言葉を投げられても、美代子が抱くのは性欲まみれの悦びだった。汐里の目にはそう映る。

（あぁぁ、足りないよ……自分の指じゃぜんぜんだめ）

交わり合う母と叔父を見ながらの自慰の手はさらに加速していたが、いくら乱雑に肛門や直腸をこね回しても、あの太くて熱い肉幹で犯される衝撃には届かない。汐里の中は焦れったさでいっぱいだった。

（私だって、おじさんのオチ×ポがほしい。あれを入れてもらえれば、すぐによくなって……また頭がふわふわするみたいな、気持ちいい感覚がきてくれるのに）

そう思いながらジッと、一秒も見逃さないように二人を見つめる。

「もっと乱れてみせろ。汐里ちゃんに教えてやるんだよ、次の父親が誰だってことかをね」

「そんな！　いやです、お願い……あああっ」

優二は駄目押しをするように、美代子の陰唇に片手を伸ばした。品よく生えた恥毛をまさぐり、ぷっくりした割れ目を指で乱暴に掻き分け、その頂点で充血するクリトリスを押しつぶす。

「ひいいッ、ひぎぃ、そ、そこはだめ。クリトリスはいやッ」

「ここも弱いだろう。尻を犯されながらメスのチ×ポをグリグリされる気分はどうだ？　最高じゃないのか」

美代子は狂ったように頭を振った。優美に結い上げた髪はもはや哀れにほどけ、その乱れようが母の心の揺れを表しているようだと汐里は思う。

（あんなことされたら……どうなっちゃうの）

汐里が肛門快楽を知る前にいじっていた場所。触れると尖った快感がすぐに脳を突き刺してくる陰核。

それをアヌスの奥と同時に刺激されるなんて、今母を襲っている快楽はどれほど大きなものなのだろう。

「ほうら、そっちを向け。自分の娘に見つめられながら感じろ」

ふいに優二が美代子の肩を押さえつけ、身体の向きを変えさせた。美代子と汐里は顔を合わせて見つめ合うかたちになり、母は尻をいじりながら自分を熱視線で見つめる娘を、息を呑みながら見た。

「お母さん……気持ちいいの?」

「お願い、汐里、そんなこと言わないで」

「あんまり気持ちよさそうだから……私も手が止まらないの」

「だめ、だめよ……お母さんを見ながら自分を慰めるなんてッ」

汐里の精神は奇妙に高揚していた。牝の顔をした母と向かい合っても物怖(ものお)じせず、それどころか挑発するような淫らな言葉が溢れてくる。

(お尻、いじくる指が止まんないよ……)

もはや一本では足りず、人差し指と中指をひとつにまとめて肛門に出し入れしていた。

「ふふ、汐里が自分に似て淫乱だってことがわかったろう?」

「ああ……全部、全部あなたのせい!」

美代子は振り返って優二を見たが、ひしゃげられた眉も、吊り上がった目尻も、その男を本気では責めているようには見えなかった。

その顔には至上の快楽を与えてくれる牡への媚びと従属が透けていて、どんなことをされてももはや言いなりにしかなれない女の弱さが垣間見えた。

「ふん。抵抗しても無駄だ。お前はこの憎い男にイカされるんだからな」

「うぅぅ……うぅぅぅぅッ」

優二の腰の動きが再開される。美代子は歯を食いしばりながらその快楽をこらえていたが、やがて限界が訪れたのか、再び動物じみた喘ぎをこぼしだす。

「汐里が見てるぞ。美代子が俺のチ×ポで乱されるところを全部見てるんだ」

「見ないで、汐里。お願い、感じちゃうお母さんを見ないで」

汐里には、そんな母の懇願もとびきりいやらしいものとして響く。

(私もお母さんみたいになりたい。お母さんと同じように犯されたい)

もう汐里の中はそんな想いでいっぱいで、娘の前で絶頂させられる母の悲哀など理解できようもなかった。

「いひぃ、ひぃ、い、いきます……優二さん、もうだめッ」

美代子は震えながら、許しを求めるような声をあげる。優二は狂ったように笑い、美代子の真っ白な尻にベチンと手のひらを叩きつけた。

「いいぞ、イクんだ。うんとみっともなく叫べよ、動物みたいにッ」

「ああ……ああ、イクぅ。汐里の前なのにぃっ。娘の前でイッちゃうぅ」

もう一度尻に平手を振り下ろされた瞬間、美代子の全身が危機すら抱かせるほど大きく震えた。

黒曜石（こくようせき）のような瞳がぐるりと上を向いて瞼の奥へ消えそうになり、そしてすぐにそれも汐里から見えなくなるほどに仰け反って絶頂を迎える。

「あくぅ、あぁん、あぁあんっ」

それを見て汐里も、下腹部から震えがこみ上げるのを止められなかった。

いじくり回していた尻の奥から甘い痺れが走り、背筋を通り抜けて汐里の全身を支配していく。

「ふふふ、汐里ちゃんもイッたのかい。お母さんといっしょにイケて幸せだね」

「あふ……あぁ……」

母のアヌスから肉茎を引き抜きながら笑う優二を、汐里はとろんとした瞳で見上げた。

「お……おじさん」

もはや汐里の理性はとろけきっていた。ただ目の前の男に懇願することしか考えられない。

「私のお尻も犯してください……お願い、おじさんのオチ×チンを入れてぇっ」

叔父はその言葉を聞き、口角を吊り上げた。

3

「ああ汐里、汐里……」

美代子は悲鳴じみた声をあげてしまう。自分の娘が悪魔のような義弟によって尻の穴を犯されるところを目の当たりにしようとしている。

「おじさん、私、この格好のままがいい……」

しかも娘は、この状況にまったく臆していない。腰を抱(かか)えられて後背位の体勢にされそうになると、甘えるような口調で叔父にねだりはじめた。

「後ろ、向きたくない……おじさんの顔が見える格好がいい」

優二は満足げに鼻を鳴らした。

「一人前に体位のリクエストまでするのかい？　まだ処女だっていうのに、とんだ淫乱女子高生もいたものだな」

「だって……」

少女の肉体が羞恥に震える。しかしそれはこれから与えられるものに期待しているからで、この娘がすでに叔父に身も心も許してしまっていることを証明していた。

(汐里は本当に、この人に犯されてしまったんだわ)

耐え難い喪失感と焦りが美代子を襲う。自分だけならまだしも、亡夫の忘れ形見である娘までもが汚されてしまうなんて。

もう自分も娘も——この家庭はあと戻りできない場所まで来てしまっている。優二の思うままに。

「それじゃあ、ほら、こうだ。見つめ合いながらお尻を犯してあげるよ」

優二はリビングのソファからクッションを取り上げ、仰向けにされた汐里の腰元に差し込んだ。あどけない娘の身体は、男を受け入れるためとしか言えない体勢にされてしまう。

(あんなことを、自分の娘がするなんて)

「こうすると腰が浮いて、男を受け入れやすくなるんだ」

優二の言うことは、性知識に詳しくない美代子にも理解ができた。自分にも経験のあることで、寝室で夫と交わるときにはよく枕を腰元に差し込んだものだった。総一郎とふたり、「奥まで入れば赤ちゃんができやすくなるかもしれない」と言っていたのを思い出す。

そんな俗説としか言いようがないことも、夫婦で囁き合えば立派な愛撫のひとつだった。汐里が生まれる前も、生まれてからも、妹や弟を作ってあげるために……美代子は夜ごと、正常位で総一郎と交わるときはそうしていた。

「お尻が浮いて、変な感じ……あんっ」

腰を持ち上げた汐里の股間に、優二が手を伸ばす。もはやショーツをまとっていない我が娘は、すべてを丸出しにしている。優二の手指の隙間から、薄い陰毛もぴちりとした秘唇も丸見えで、美代子は背徳感に震え上がった。

(汐里、お尻の穴だけあんなにヒクヒクさせて……)

秘裂は年相応にまとまっているのに、その下のアヌスだけは、まるで成熟した性器のように蠢いていた。ピンクに色づいた肉皺が、優二の指やペニスを求めて小さく収縮を繰り返している。

「ふふん、この調子ならもう前戯はいらないなぁ。すっかり自分でほぐしてたみたいだからね」

「は、はい。お母さんとおじさんがしてるの見て……我慢できなくて」

「いいぞ、俺好みのいやらしい娘だ。望みどおりにしてやるからな、汐里」

さっき美代子を犯したときに果てそびれた優二のペニスは、禍々しいほど屹立していた。赤黒い亀頭を汐里の肛門に押し当て、そしてちらりと美代子のほうを振り返る。

「よく見ておくんだ、美代子。自分の娘が俺に犯されるところをな」

「ああう……お願い、そんなひどいことしないで」

うめく美代子の声に、優二のせせら笑いが重なる。

「ひどいこと？　汐里ちゃんはそう思っているのかな」

言うなり優二は腰を引いて、少女の尻に近づけたペニスをすっと遠ざけてしまう。

汐里の視線はそれを追いかけて、口惜しそうな顔になった。

「ねぇ、汐里ちゃん。おじさんはひどいかな」

「ひどくない」

即答だった。物欲しげな顔で優二を見つめながら、ぶんぶんとかぶりを振る。

「私が、してほしいって思ってるんだもん」

「でもね、君のお母さんは、これからすることに反対みたいなんだ」

「そんなの……」

汐里がいじけたようにうつむき、それからきっと決意をあらわにした顔で優二を見つめた。

「お母さんのことは、今は気にしないで……」

（ああ、汐里、あなたは本当に……）

まさか愛娘から、自分をないがしろにするような言葉が出てくると思わなかった美代子は打ちひしがれる。

素直で優しい汐里の本質が曲げられてしまったわけではない。ただ、母への愛や尊敬を凌駕する肉欲や快感を、植えつけられてしまったのだ。

（知ってしまったんだわ、この子も……優二さんに犯される気持ちよさを）

そう、気持ちがいい。心底憎いが、この男に与えられる快楽は理性を溶かしていく。自分が耐えられなかったように、汐里もそうなってしまったのだろう。

それも、美代子もついこの間まではまったく知らなかった肛門性交に目覚めさせられた。娘は、純粋な恋愛より先に変態性欲に触れてしまったのだ。

「汐里ちゃんのお墨付きもいただいたことだし、いくよ。ほら」

「んん、きて……オチ×チン、入れてください」

汐里が言うと、優二はまた口角を吊り上げて美代子を振り返った。そしてすぐに汐里に向き直り、ヒクヒク震える尻の穴に再び肉茎の先端を宛てがった。

「ああうっ、は、入ってくるぅ」

美代子は口元を押さえて息すら止めてしまった。まだあどけないはずの汐里の肉門が、義弟のペニスで押し拡げられていく。

（汐里のお尻の穴が、あんなに広がって）

肛門のひだがぷっくりと亀頭で伸ばされる。汐里は苦しげな声をあげるが、優二は容赦しない。

「ふぐうっ、ううう、あぁ、こ、これなの……これがいいの」

ペニスが肛門を通過し、直腸を犯してゆくと、汐里の声にはねっとりとした蜜のような響きが混じってくる。まぎれもなく、快感を得ていることがわかる媚声。美代子もあげていたであろう「女」の鳴き声だった。

「ふぅっ……くぅ、まだまだきついが、しっかり女の穴だ」

「おじさん、あッ、ああうッ」

汐里がうっとりした顔で、自分の尻穴を犯す男を見上げるのを見て、美代子はわなわなと震えることしかできない。

（私も、あんな顔をしていたのかしら）

今まで他の女の性行為など、亡夫が面白半分で見せてきたアダルトビデオなどでちらりと見た程度だ。

こんなにじっくりと……しかも、実の娘の犯される姿を見ることになるなど思いもよらなかった。

「あっ、くうぅんっ、お、お尻苦しい……でもぉ」

優二がピストンを開始する。肉茎で汐里の可憐なペニスを前後していき、肛門はそれに合わせて高く盛り上がったり、思いきり押し込められたりと柔軟に蠢いて、汐里の天性の才能というものを示しているように見えた。

マ×コより先に尻穴を犯されて感じる、お前の血を引く淫乱娘だったよ——優二の吐いた言葉が、美代子の頭の中をぐるぐると駆けめぐった。

（まさかあの子が……本当にそんな本性を持っているっていうの……私と同じくらい、淫乱な……）

そうだ。もう認めざるをえない。自分は、優二に尻穴を犯されるのがたまらなく好きな女だ。夫が死んだばかりだというのに、無理やり犯されたというのに、変態性欲に溺れたひどい淫売だ。

「あぁっ、おじさん、あぁ、おじさんも……エッチな顔してる」

そんな自分の血を、汐里も引いているのだ。自分を犯している叔父の顔を見て、うっとりと淫猥に微笑んでいる。犯されるのが嬉しくてたまらないと、自分から主張しているのだ。

「おじさんからも、汐里ちゃんのいやらしい顔が見えるよ。お尻を犯されてこんなに感じて、悪い女の子だ」

「ああう、だって、お尻が気持ちよすぎるんだもん」

まるで年の離れた恋人同士のようだ。自分を犯す男が極悪人だなんてことは、至極どうでもいいことのように、汐里は歓喜する。

「さっきは途中で終わっちゃって、切なかったろう？　今度は最後まできっちり犯して、この間みたいにケツ穴でイカせてあげるよ」

さっき、この間――平然と口にされるそんな言葉に、もう取り返しのつかないことになっていると再確認する。

汐里自身の肉体も、もう優二に完全に屈服してしまっていた。

「あん、あっ、アッ、ああぁあッ」

大人顔負けの声をあげて、アヌスに出し入れされる肉棒の熱さや硬さを貪っていいる。尻の穴をきゅうきゅうと震わせながら喘ぐ姿は、絶望の淵にいる美代子の官能をもくすぐっていくほどだった。

（汐里はまだ子供なのに……あんなに太いモノをお尻に入れられて）

きっとお腹の奥が苦しくて、内臓がジンジン痛んでいるに違いない。

（なのに、それが気持ちよくて……お尻の肉輪っかを、オチ×チンが突き抜けるたびに、おかしくなっちゃいそうなくらいなんだわ）

そこまで考えてハッとする。美代子自身の身体も再び疼きだしている。

「オマ×コのほうも濡れてるね。こっちの処女も俺に奪ってほしいんだろう」

「はいっ……お、おま……オマ×コっ。おじさんのものにして！」

優二はペニスで肛門を犯しながら、女性器の割れ目を指でつうっとなぞった。するとそこは簡単に割り開かれて、ぬるりと愛液が指に絡むのが美代子にもはっきりと見えた。

（私の知らないところで……女にされてしまったのね）

そしてそれを見ていると、美代子の秘唇まで疼いていく。

お尻の穴だけじゃない、久しぶりに膣穴も犯されたい。あの太い肉の棒で掻き回されて、最後にはお腹の奥に精液を放出されて……。

（いやだ、なにを考えているの、私……）

実の娘の淫らさにあてられて、何度も犯された身体は愚直に反応を示してしまっている。足の間の肉穴に、目の前の……今は自分の娘を犯している男のものを受け入れたくて仕方ない。

「お尻ぃ、お尻が灼けちゃうぅ」

優二の抽送はどんどん激しさを増していた。汐里の腰をがっちりと摑み、少女の細い身体が壊れてしまうのではないかと思うほど突き上げる。

薄いピンク色だった肛門がどんどん充血し、何度も収縮してペニスを締め上げる。汐里のアナルは、もはやすでに立派な性器だった。

「くおお、汐里ちゃんのケツの穴は最高だ。出すぞ、汐里」

荒々しく宣言して、優二がラストスパートをかける。汐里はその動きに翻弄されながらも、しっかりと猛々しい快楽を享受していた。

「ああん、私もきちゃう、気持ちいいのが来ちゃうっ、おじさぁんっ」

瞬間、動物のような呻き声を漏らして優二の身体が痙攣した。一瞬遅れてその震えが汐里に伝播し、二人はビクビクと、ひとつのつがいとして絶頂を与え合う。

「きっひぃっ、熱いぃ、熱い、お腹の中が灼けちゃうよぉっ」

（ああ、出ているっ。汐里の中で、優二さんが射精している……ザーメンが噴き出しているんだわ）

ペニスが尿管を震わせ、あどけない我が娘の直腸を白濁で染め上げていく。

「くひぃ……ひぃ、あぁ……あぅ……」

汐里の膣穴から、プチュリと愛液の飛沫が散った。肛門からの快感で、膣穴まで軽いオーガズムに達したらしい。

（汐里、あなたはどこまでいやらしいの）

そして美代子は、自分の気持ちに驚愕した。

汐里の、我が娘の淫らさを、それを喜ぶ義弟のことを……。

（私……私、嫉妬してるっていうの）

自分も犯されたい。膣穴も肛門も犯され、両方に精液を注がれたい。汐里ではなく私が。私がこの男にめちゃくちゃにされたい……そんなことを考えていた。

「ふぅ……張りきりすぎてしまったなあ」

優二が腰とペニスを引き抜く。汐里の肛門がぽっかりと開いたまま、まるで出て行った肉茎を惜しむように小刻みに震える。

「……優二さんッ」

もはや美代子は、自分を律することができなかった。

勢いよく立ち上がり、我が娘のすぐそばで気を抜く男にしがみついた。

「優二さん、優二さん」

汗ばむ首や胸板を抱きしめ、驚いたように開いた唇に、自分のそれを押しつける。

生まれて初めて美代子のほうから、優二に口づけをしたのだ。

（私……焦っているんだわ。汐里に優二さんを取られるかもしれないって）

もう完全に、自分は優二の虜なのだ。

「愛してる、優二さんッ。お願い、私を愛して」

必死に求愛する声を聞いて、優二の喉仏が震えだす。

「ははは！　ようやく素直になったな、美代子」

やがてその震えは高笑いとなって優二の喉から迸った。美代子は全身を熱くしながら、悪魔のような義弟の次の声をどきどきと待っている。

「もちろん愛してやるよ……俺はずっとお前のことが好きだったんだからな。兄貴がもういない以上、お前は俺のものだ」

「はい……はい」

高飛車な言葉に頬を赤くする自分の浅ましさを自覚しながら、止まることができない。この男が愛しい。この男に包まれたい。そんな想いがどんどん膨れ上がっていく。

「お母さん……」

「汐里、許して。私はもう、優二さんの虜なの」

愛娘の顔を見つめながら言い、その言葉の意味をじっくりと噛みしめる。

義弟はいとおしげに美代子の頬を撫で上げると、力なく仰向けになる汐里の隣に押し倒した。

「俺たちが結ばれた記念のセックスだ。今度はオマ×コを犯されるところを、実の娘にしっかり見てもらうんだぞ」

「ああん、わかりました。汐里、お願い……お母さんが優二さんとセックスするところを、もう一度見て」

「おじさん、お母さん……」

汐里の顔には戸惑いの表情が浮かんでいたが、しかし期待や好奇心の色も入り交じっていた。

「ふふ、もうオマ×コがほぐれてるな。母子そろって淫乱なことだ」

「あぁ、入っちゃう……」

美代子の足を思いきり開かせ、どろどろになった膣穴に鈴口があてがわれる。

（来る、あぁ来る。この太いので犯されるんだわっ）

美代子の肉襞は、優二の言葉どおりほぐれきっている。にちゅにちゅと音を立て、優二の先端をまるで舐めるかのように絡んでいた。

「いくぞ、美代子……汐里、しっかり見ていろよ」

「あああっ、くあぁ、ああうっ……」

膣穴にペニスが沈み込む。秘唇ならではの柔らかな粘膜が大きな水音を立てながら、義弟の肉を受け入れていく。

「ああ、おじさんのオチ×チン……お母さんの中に入っちゃってる」

挿入の快感に仰け反っていた美代子は、汐里の声でふと我に返る。見られている。自分が完全に義弟に、この男に屈服させられるところを……。

（見て、汐里……お母さんの本当の姿を。もう普通の家族に戻れないのだったら、全部知って。全部見て……）

そうだ。すでに自分と汐里は、等しく優二に狂わされてしまった。なにも知らない顔で普通の親子などは今後演じられないだろう。だったらもう淫欲に溺れたい。なにも考えたくない……甘美な破滅の思考が、美代子を支配していた。

「アンッ、アンッ、あぁんッ」

優二が腰を使いはじめる。アナルを犯したときに負けない強さで、美代子の膣穴をえぐっていく。

「お前と汐里のアナル、両方を犯したチ×ポだ。お前の膣液でしっかり洗えよ」

「は、はいぃ、オチ×チン、きれいにします」

美代子は滑稽なほど健気に、下腹に力を入れて膣穴を震えさせた。中に挿入された優二を抱きしめるように、もっと愛液が溢れるように。

しかもそうするたびに肉棒を強く感じ取ってしまい、快感に脳を灼かれる思いだった。すべてが優二の思うがままだ。

(もう逆らえない……もう、この人に溺れるしかないの)

甘く喘ぎながら、隣の汐里に目をやる。愛娘は、母の膣穴に優二のペニスが出たり入ったりする様子に夢中になっていた。

「こんなにぐちゃぐちゃになっちゃうんだ……」

アナル以上の音を立て、粘液まみれのペニスが出入りするのが、まだ女性器は処女だという汐里にとっては物珍しいのだろう。

そしてそんな視線を受けるたび、美代子の身体はさらに熱くなった。

「汐里、もっと見て……お母さんのエッチなところ、見てぇっ」

「ふふ、見られるのがいいか。淫売お母さん」

「ああん、意地悪を言わないで……あなたがそうさせているの」

甘えた声が美代子からこぼれる。今までの、優二の言いなりになりたくないあまりの抵抗ではない。嗜虐を振るう恋人へしなだれかかる女のそれだった。

自分に覆い被さる優二の背中に手を回し、腰に脚をクロスさせてしがみつき、どこまでも彼を感じようとする。

「お前の淫乱さを俺のせいにするな。お前は生まれつきのスケベ女なんだよ。兄貴じゃそれを引き出してやりきれなかったんだ」

「はい、はい、そうですっ、全部私が悪いのです。ドスケベな変態女です」

さらに言葉の鞭(むち)を振るわれても、それに打たれるままになる。

「でも、そんな私を受け入れてくれるのは優二さんしかいないっ」

「わかっているじゃないか。そうだよ、美代子、お前は俺のものだ。俺だけのものだ。兄貴と結ばれたのが間違いだったのさ」

言いながら、憎しみすら感じさせる腰遣いで美代子の膣穴をえぐる。

「でもまぁ、汐里ちゃんを産んだことだけは褒めてやる。こんな淫乱な娘をこの世に作る種になったのは、兄貴の唯一の功績だな」

「あッ、し、汐里のことは」

「なんだ、まさか嫉妬してるのか。俺のチ×ポが汐里に取られるのが怖いのか」

優二はけらけら笑いながら、美代子の顔をじっくり覗き込んだ。もはや目を逸らすこともできない。その言葉は、美代子の本心を実に言い当てていた。

「怖いです、優二さんが私以外の女と寝るのがいやなのッ」

「女だとさ！　汐里ちゃん、聞いたかい」

優二は膣肉を犯す動きを止めないまま、興奮を内側に持て余している様子の汐里を見つめた。

「このお母さんはね、君を娘じゃなくてライバルだと思っているみたいだ。俺のチ×ポを独り占めしたくてたまらないんだってさ」

「だめ……お母さん、そんなのずるい」

汐里はわがままを言う子供のように、いじけた様子でそう言った。

「私だって、おじさんとエッチなことしたい……」

「し、汐里……」

「お母さん、おじさんと結婚するの？　そうしたら……夫婦になったら、もうおじさんは、私とエッチはしてくれないの？」

優二はたまらないとでも言いたげに笑いだした。その震えがペニスに伝わって、美代子を悶えさせる刺激になる。

「汐里、わかって。あなたのような子供は、こんなことしちゃいけないのよ」

「子供じゃないもんっ……」

汐里はいやいやをするように首を振って起き上がり、美代子を犯す優二の身体にしがみついた。

「おじさん、私と結婚してっ。私、もう、結婚できる歳だもん！」

「し……汐里」

「お母さんとは、浮気していいからっ。だから私を奥さんにしてっ」

優二は愉快でたまらないというように高笑いした。そしてしがみつく汐里の頭を乱暴に摑んだと思うと、今度は優しく慈しむように撫で回す。

「ふふふ、いい子だ。考えておいてあげるよ。とりあえず今はこのいやらしいママを犯してやらないとね……次は汐里ちゃんだ。いい子で待ってるんだよ」

「あああッ」

言うなり優二の動きが激しさを増した。前後運動に加えて、腰をひねり上げて美代子のGスポットを亀頭で刺激する。その熾烈な快感に、美代子は身をくなくなと震わせながら悶えた。

「イクぅ、イキます、優二さんッ」

「くぅ、すごい締めつけだ。ケツ穴にも負けないくらい……このエロ穴がッ。出すぞ、受精しろ。汐里に妹か弟を作ってやるんだ」

宣言とともに最も奥を突き上げられ、美代子の脳裏を白い閃光が突き抜けた。

「あひいっ……ひい、ひいいいいッ」

それと同時に、優二のペニスが美代子の中で激しく震え上がった。さっき一度射精しているとは思えない激しさで、未亡人の子宮口に白濁を飲ませてくる。

(子宮が溺れている……本当にできちゃう、妊娠してしまう)

「俺の子を孕んで産め」

「はい……はい、孕みます……汐里のきょうだい……作ってください」

うっとりと答える美代子に、優二が笑う。

「汐里ちゃん、弟がいいかな。妹か——できるのも、本当に時間の問題だぜ」

汐里は身をもじもじさせながら、母と叔父をじっと見つめていた。

エピローグ

「あなた、おかえりなさい」

美代子はうっとりとした顔で、愛しい男の帰宅を迎え入れた。

「ただいま。いい子にしてたか」

それを当然のように受け止めて微笑むのは、高崎優二だった。

高崎総一郎の建てた家は、遺産相続の際に名義が優二へと変更された。総一郎のものだった書斎や私室はすべて優二が譲り受け、いま、美代子たちは生活を共にしている。

「パパぁ、おかえりなさい。残業だったの？」

扉の開く音を聞きつけ、二階の部屋からパジャマ姿の汐里が駆け下りてくる。

いまや汐里は優二のことをパパと呼ぶ。まだ美代子と入籍こそしていないが、まぎれもなくこの家の主は優二であった。

「ただいま、汐里。まだ寝ていなかったのか」

「パパに会えないまま寝るなんて、絶対いや」

じゃれつく汐里の頭を撫で、ビジネスバッグを美代子に預けると、優二は背広をさっと脱いでいく。

二人の女はそれを名残惜しげに追いかけ、そわそわと身体を疼かせる。

もとは夫婦のものだった寝室のベッドに、母娘ふたつの裸体が転がる。

以前に比べ、まだまだ未熟ながらも腰や太ももに女らしく肉のついてきた汐里と、腹部をぽっこりと膨らませた美代子が、優二に向けて揃って足を開くのだ。

「今日は検診に行ってきたんだろう。どうだった？」

「もう安定期だって言われました。セックスしても問題ないって……んん、お医者様からもお墨付きをもらいましたの」

身重の身体を揺らしながら、美代子は優二に媚びた視線を向ける。

妊娠が発覚してからというもの、絶対に自分の子供を産ませると意気込んだ優二は、慎重を期して激しいセックスは控えていた。

彼の肉欲を受け入れるのはもっぱら汐里で、美代子はそれを口惜しく眺めるしかなかった。

「あなた、お願いします、セックスして。美代子のオマ×コもお尻の穴も、あなたに犯してほしいの」

「ふふ、そんな欲求不満な顔で医者に訊ねたのか？　内心セックスしたがりのスケベ妊婦だと嘲られていただろうな」

「ああん、意地悪を言わないで」

（オマ×コが疼いているわ。この人の言葉ひとつで、私は簡単に濡れる）

ぽっかり開いた膣穴から、まだ触れられてもいないのに愛液が溢れた。

「パパ……でも、お母さんは妊婦さんだよ。まだ、気を遣わなきゃいけないんだよね。いつもみたいに、汐里の中にピュッピュして」

「そうだなぁ、膣内射精は流産の危険があるからな」

それを聞いて美代子が不安な顔になる。確かにそうだが、わき起こってくる肉欲はもう抑えきれるものではなかった。

「だから、出産するまでは尻の穴にぶちまけてやる」

「ああっ、あなたぁ……」

美代子の顔がとろける。反対に隣の汐里は不満そうな表情になったが、優二の決めたことに異を唱えはしない。

「でもまぁ、今日はまず安定期祝いだ。もっと足を開け。その恥知らずなオマ×コを指で拡げてみろ」

美代子は頷き、言われたとおりに秘唇に指を沿わせる。左右の大陰唇を割り開き、すっかり湿り気を帯びた粘膜を剝き出しにする。

（いやだ、期待しすぎて……クリトリスが尖っちゃってる）

美代子の陰核は、ペニスのように隆起していた。優二はそれを目ざとく見つけ、いきなり指でつまみ上げた。

「あんッ、あぁ、強いわっ」

「恥ずかしいメスチ×ポが勃起してるぞ。そんなに俺がほしいか」

「は、はい、あなたの……優二さんのオチ×ポがほしいの」

優二は淫欲に炙（あぶ）られるがままの美代子を遠慮なく笑い、ポケットに手をやる。そこからなにか、きらりと光るものを取り出して美代子の前にかざした。

「それは……」

「見たことがないものだろう。俺も手に入れるのに苦労したんだ」

名残惜しそうな顔をしていた汐里も、優二が持つものを興味深く観察している。まるで指輪のような金属の輪だが、それは汐里の小指よりも小さな直径しかない。指にはめるには小ぶりすぎる。

「俺の子を孕んで、ようやっと身も心も俺のものになるお前に……俺からのプレゼントだ」

「ああっ……あくっ、あうぅっ」

またクリトリスに触れられ、美代子は身を跳ねさせた。

（ひいっ、これはなに？）

優二は左手の人差し指と親指で隆起した肉芽の根元を摑むと、愛液のぬめりを振り払うように撫でつけた。

「あまり濡れすぎているとはめづらいからな」

「ま、まさか……そのリングは……」

これからされることを想像して身震いしたが、もう遅い。優二は右手に持った小さな金属リングを、美代子のクリトリスに押しやった。

「あぐうッ、あッ、くひぃぃっ」

「ふふ、サイズはぴったりみたいだな」

美代子の肉粒は、苦しげにその輪を受け入れた。真っ赤な粘膜はヒクヒク震えながらもリングを通過し、その根元をキュッと締めつける。

「あぅ、苦しいっ……く、クリトリスが、きつく……ああっ！」

さらに優二は、圧迫されたクリトリスを強く刺激した。指の腹で撫でつけ、無理やり充血させていく。そうすることで肉芽の体積が増え、リングがたやすくは抜けなくなってしまった。

「お……お母さん、平気なの」

汐里は優二に媚びることも忘れ、美代子の股ぐらを覗き込んだ。

そして母の肉芽をいましめる金色のリングを見て、身体をブルンと震わせた。

「こんなエッチなもの、つけられちゃって……」

「なんだ、汐里もクリリングがほしいのか」

優二の言葉にびくりと震えた汐里は、しかし少し逡巡したあとに頷く。

「ほしい……私も、お母さんと同じの……クリちゃんに、結婚指輪……」

優二はこの淫具を結婚指輪にたとえる少女の、夢見がちな思考を笑う。

しかしそれを欲しがる健気（けなげ）さと淫らさは愛（め）でるべきものなので、その絹糸のような黒髪を優しく撫でた。

「汐里も俺の子を孕んだら、これをつけてやろう」

その言葉に、汐里は息を呑んだ。

「パパの赤ちゃん……」

「ああん、優二さんだめ……汐里はまだ学生なの」

美代子にとってそれは本心だったが、心のすべてではない。

(汐里も初潮が来ているんだもの。妊娠する可能性はあるわ)

肉奴隷としてだけではなく、胎盤としての使命も娘と競うことになったら——美代子はそんなことを考えてしまっていた。

「赤ちゃんは私が産みます……汐里は」

「なんだ、俺のすることに文句があるのか」

「あ……あうくぅっ、痛ぁっ」

締めつけられたクリトリスを、優二が思いきりひねる。

リングをはめられた肉芽を刺激されると、いつもよりも時間をかけて血が流れ込んでくる。そして入り込んだ血液は、リングの阻止によって循環することがない。ずっと美代子の肉芽にとどまって、粘膜を内側から膨れさせつづけた。

(いやぁ、クリトリスが破裂しちゃいそうっ)

「私もパパの赤ちゃんほしいっ、お母さんの次は、私が妊娠するっ」

美代子が悶えた隙に、汐里が優二にすがりつく。美代子の愛しい男は、たまらない愉悦を浮かべた表情で義理の娘を撫で回す。

「よし、頑張るんだぞ。汐里にも種付けしてやるからな」

「ああ……嬉しい。パパ、いっぱいオマ×コに中出しして」

優二は汐里を抱き留めると、改めてその身体を美代子の隣に押し倒した。

相変わらず控えめだが、以前より確実に女らしく成長した乳房を寄せ集めるように揉み上げ、可愛らしい乳首にむしゃぶりつき下腹部に手を伸ばして膣穴に指を差し入れる。

「んんっ……パパの指、入ってくるぅ」

「もうすっかり濡れてるじゃないか。ママのいやらしい姿で興奮したかな」

コクコクと頷く汐里の胎の内側を、優二の指がねっとりと刺激していく。

汐里の処女は、すでに優二によって奪われていた。愛娘は叔父のペニスを喜んで受け入れ、最高の処女喪失をしたのだ。

優二はその狭い肉穴の締めつけに喜び、処女であるにもかかわらず感度が高いと褒めそやした。それも美代子の眼前で行われたことだ。

（汐里のオマ×コも……すっかり女になってしまったんだわ。まだまだ子供だと思っていたのに……）

もはや完全に優二の女として堕ちきっている美代子は、我が娘にみっともなく嫉妬を抱いた。もはや経産婦である自分の肉穴には処女のような締めつけはなく、若さだってもうない。

（悔しいの。汐里に負けたくないの）

しかし、そんななさなかで美代子の妊娠が発覚した。そのときの優二の喜びようといったらなく、これでお前は完全に俺の女だと美代子を抱きしめた。

「あぁう、パパぁ……」

「なんだ、指じゃ物足りないか。もっといいものを入れてほしいんだな」

だが、妊娠したとなると激しい性行為は御法度だった。女性器にも肛門にもペニスを与えてもらえなくなった美代子は、まるで汐里の前座とでもいうようにオーラルセックスをさせられるばかりだった。

そう、まるで今のように……目の前で娘が犯されるのを見せられつづけて、さんざん女の底を煽りつくされた。

（もう、我慢できないのに……優二さんは本当に意地悪）

とことん美代子を焦らすつもりなのだ。

それが証拠に、美代子のことを見やりながら汐里の膣穴にペニスを宛てがう。

「ほうら、入るぞ。汐里のオマ×コに俺のチ×ポが」

煽るように言って、腰を進める。

「はぁっ！　入る、オチ×チン……入るぅ」

汐里の膣口を、節くれ立ったペニスが拡げていく。少し前まで処女だったはずの愛娘の粘膜は、柔軟に収縮して男を受け入れていた。

「汐里のオマ×コは最高だ。きっとこんなに気持ちよく男を受け入れた子は、同年代にはいないはずだよ」

「ん……それはパパだからだよ。パパのオチ×チンがすごくいいから……パパが、すごく気持ちよくしてくれるから……私も、すごくエッチになっちゃうの」

まるで恋人同士が睦み合うように言葉を交わしながら、二人は身体を重ねていく。

美代子はそれをただ悔しい気持ちで眺めるしかない。

（私だって、早く犯されたいの……ああん、もう待てないわ）

焦らされれば焦らされるほど、美代子の身体は燃え上がった。ただでさえクリトリスを充血させつづけるリングをはめられているのだ。

（あんっ……もうだめ、我慢できない。触らせて）

美代子は優二と汐里が犯されるのを横目に、自分の秘唇に手を伸ばした。隆起した肉芽におそるおそる触れると、ふだんの比ではないほどの刺激が全身を駆け抜けていく。

「くぅ……うぅン、あん……」

金属輪のせいで、クリトリスの包皮も押し下げられている。剝き出しの性感帯が限界を超えて勃起しつづけているのだから、いじったときの快感が増幅されるのは当然ともいえた。

「……ふふ、見るんだ、汐里。ママがお前と俺のセックスでオナニーしてるぞ」

「あっ、あ、お母さん……」

優二は隣で演じられる美代子の痴態にすぐ感づき、しかしそれを咎めることはしない。ただ嗜虐欲に満ちた顔で眺め回す。

「あぁ、だって、我慢できないんだもの……汐里ばっかり、ずるいわ」

視線は優二と汐里に張りつけて、敏感になりきった肉粒を指でこねつづける。すぐに絶頂のきざしが見えてくるが、同時に切ない気持ちになる。

肉芽からこみ上げる快感は本物だが、もっと深いところへの刺激がほしい。膣穴の奥を太いもので貫いてほしい。Ｇスポットや子宮の入り口を押しつぶしてほしい――

そんな思いが絶えず浮かんでくる。

（いやだ……お尻も疼いてきちゃう）

優二に何度も犯され、開発された第二の性器が疼きだす。肉門がひとりでにヒクヒクと震え、ないものねだりを始めてしまう。

「あぁぁ、あふぅっ……くぅん、お尻も……」

疼きを抑えようと、美代子はもう片方の指を肛門に寄せる。刻まれた皺をマッサージするように指の腹でこね回し、第二関節まですぐに挿入してしまう。

「ふぅ、ふうぅ、指だけじゃ、足りないの」

こうして淫欲が耐えきれないほど大きくなるのは、今に限ったことではない。

優二が仕事へ、汐里が学校へ行って一人きりになったとき、長期にわたるおあずけ状態に耐えきれずに自分を慰めることが多々あった。

恥知らずと思いながらも肛門への刺激を欲して、リビングで椅子の脚なんかを使って、身重の分際で自瀆に耽った。

（でも駄目……ぜんぜん満たされない。オチ×ポでなくては駄目）

いくら硬くても所詮それは無機物だ。優二のペニスとは比べものにもならない。結果余計に欲求不満をこじらせて、美代子は悶々とするばかりだった。

「美代子の性欲は底なしだな。もう一秒も待てなさそうだ……どうだ汐里、チ×ポをママに譲ってやるか？」

底意地の悪い問いかけに、汐里ははっと目を見開いた後にぶんぶんと首を振った。当然横にだ。

「だめぇ、いくらお母さんでもダメ……お母さん、私がイクまで我慢してっ」

「し、汐里……」

快楽に貪欲（どんよく）な娘から発された言葉に、美代子は軽い絶望を覚えて自慰の手を加速させる。

「あっひぃ、あっあっ、パパぁ、パパ、パパッ」

汐里が両脚をまるで昆虫のアゴのように使って、優二の腰を挟み込む。二人の交接はさらに深くなって、結合した場所からはねっとりした音が響いていた。

「パパぁ、イクぅ、オマ×コ、イッちゃうよぉ」

「ぐぅ……いいぞ汐里、いい締めつけだ……子宮にぶっかけてやる」

「ああ、ああ……イクぅぅぅッ」

汐里のあどけない肉体が震え、それに呼応するように優二も痙攣する。

腰を何度も弾ませながら重たいピストンを繰り返し、汐里の膣穴をなおもえぐりつづけた。

「あぁっ……出てるぅ、オマ×コの一番奥で……パパの精液……」

（なんて羨ましいの。私にもその精液を分けて）

優二のペニスという太い管を通して、濃厚な牡汁が娘の子宮に注がれていくのを、美代子は唇を噛みしめながら見つめた。

「くふぅんっ、あ、あぁ、私も……駄目ぇ、イクぅ」

そして自分自身も、オナニーによる絶頂に昇りつめていく。肉芽を押し潰し、アヌスを指でえぐって、一人きりの興奮に震え上がる。

「よし……よし、いい子だ、汐里」

「あぁう……」

汐里の膣内からペニスを引き抜き、優二は腰を上げる。ぐったりとベッドに倒れ込む汐里の肩をまたぎ、精液の残滓（ざんし）を纏（まと）うペニスを唇に押しつけた。

「さて……これから淫乱ママの相手もしてやらないといけないからな。汐里、ママのために俺を元気にしてくれ」

快楽の余韻でぼおっとしていた汐里だが、肉茎を押しつけられるとすぐに反応した。可憐な舌を赤黒い亀頭に伸ばし、ペロペロと表面を舐め取っていく。

「んふ……んむぅ……」

「そうだ、上手いぞ。すっかりおしゃぶりも身につけたじゃないか」

やがて舐めるだけでなく唇も使い、優二の太いペニスを小さな口にめいっぱい頬張る。残っていた精液を吸い出し、再び隆起させていく。

「美代子もぼさっとしてるんじゃない。汐里を手伝ってやれ」

「はい……あぁ……」

愛娘のフェラチオに見入っていた美代子は、優二の言葉でゆるゆると身を起こす。そして汐里の腰をまたぎ、優二の下半身を背後から掴んだ。

「はぁん……んっふ……」

そして優二の硬く整った尻たぶを左右に引っ張り、その間にある窄まりに唇を押しつけた。こんな奉仕、当然ながら亡夫にもしたことがなかった。優二に教え込まれたものだ。

(優二さんのお尻の穴……熱くなっているわ)

最初こそ抵抗があったが、慣れてしまえばペニス以上に奉仕に熱の入る場所だった。なにせ優二によって肛門快楽をさんざん植えつけられてしまっている。あの気持ちよさを、自分の舌遣いによっては愛しい男にも与えられるのだと思えば、夢中にならないわけがない。

「はむぅ、んふ……」

母娘二人がかりの奉仕によって、優二のペニスはすぐに硬さを取り戻した。

（私のアナル舐めで感じてくれている……嬉しいわ）

優二が身を起こし、美代子と汐里は名残惜しさを覚えながら舌を引き離す。

「さて、待たせたな、美代子。お前の大好きな穴を犯してやる」

「ああん……お願いします」

膨れた腹を気遣い、側臥位になった美代子の背後に優二が同じ体勢で寝転がる。熱くなったペニスを、焦らすように美代子の脚の間にあてがった。

「んぁ、んぁぁ……」

「クリリングもすっかりお気に入りみたいじゃないか」

輪をはめられて、充血しきったクリトリスを亀頭でいじくり回される。その甘い快感に美代子は身をよじらせる。

ただ肉芽をいじくられるのでも、自分の指でするのとはまるで違う。もう自分はこの男の虜で、たとえ実の娘にであっても渡したくないのだと再実感する。

「お母さん、すごくいやらしい顔してる」

絶頂から立ち直った汐里が、横たわりながら美代子を見つめる。

「いやだ、汐里、見ないで」

「お母さんだって、私のエッチなところを見たでしょ。オナニーまでして……」

娘に改めて指摘されて、美代子は羞恥に震えた。それを感じ取ってか優二は低く笑い、ペニスを秘唇の割れ目から引き離す。

「おっと。忘れるところだった」

「ああっ……？」

そして枕元からなにかを取り出すと、そのとろりとしたなにかの液体を、突然美代子の尻に塗りたくった。

「冷たいっ……んんっ、ア、ローション……ですか？」

「今日のは特別製だ。リングといっしょにこれもプレゼントしてやろうと思ってね」

粘り気のある液体はすぐ肌に馴染み、冷たさはたやすく消え去った。

「んひっ……ひぃ、ひぃ、なに……ッ」

しかし同時に、美代子の尻たぶや肛門がカアッと熱くなった。ジンジンと痺れ、刺激物を塗られたように痛痒(つうよう)を訴える。

「ま、まさか、ローションになにか……」

「ちょっと変わった成分が入ってるんでね。ふふ、熱いだろう」

「いや、なんてことッ……あああぁぁぁッ」

美代子の戸惑いは掻き消される。間髪入れずに優二が美代子の肛門に亀頭をねじ込んだ。久しぶりに得る、肉の輪を熱い棒でこじ開けられる快感に、美代子は目を見開いて悶絶した。

「おふぅっ、おっ、おおんッ」

そのまま腰が押し進められ、えら張ったカリ首が肛門を通過して直腸へ入り込んでいく。腹の奥を押される鈍痛と快感で、瞼の裏がチカチカした。

（ひ、久しぶりのおチ×ポ……ああ、最高だわ）

尻穴に愛しい男のペニスを挿入される喜びに、美代子は打ち震えた。

「あっ……あっ、あああぁっ……？」

しかし、優二のペニスが結腸の壁を小突くほど深く挿入されきって動きを止めてしまうと、美代子の身体は今までにないもどかしさに襲われた。

「いやぁっ、あっ、いや、モジモジするぅ……優二さん、優二さんッ」

「ふふふ、ローションが効いてるな」

挿入で肉ひだを擦られているうちは紛れていたが、それが止むとまた痛痒が美代子を苛んでくる。熱さと痒さで、肛門の皺がひとりでに疼いた。

「お、お願いぃ、動いてぇっ。こんなの焦れったくて死んじゃうわ」

「なんだ、俺に命令か。偉くなったものだな」

優二がわずかに腰を引く。美代子の腸壁はそれにつられてわずかに盛り上がり、半端なところで押しとどめられて苦しさを訴える。

「意地悪をしないでッ、お願いです、優二さん、あなたッ」

「そうだなァ……」

またペニスがわずかに動く。今度は盛り上がった肛門を押し込める動きをして、そして再び半端なところで止まってしまう。

「俺を興奮させることを言ってみろ。お前を犯したくてたまらなくなるようなことをな……そのスケベ漬けの脳ミソで考えてみろ」

「ああ……ああ……」

美代子は身を苛む痛痒と苦しさ、そして満たされない淫欲に包まれて働かない頭を必死に動かす。この男が望んでいること。この男がほしいもの。

「くふぅ、優二さん……どうか美代子を犯してください。そ……そ、総一郎さんよりもたくましいおチ×ポで、美代子のお尻をめちゃくちゃにして」

アヌスにねじ込まれた優二のペニスがぴくりと震えた。それに手応えを感じて、美代子は震える唇でさらに続ける。

「優二さんのおチ×ポ、最高です……総一郎さんが教えてくれなかったこと、たくさん教えてもらってッ……美代子は優二さんに犯されて、ようやく女になれたんですぅっ」

「ふむ……」

優二の震えがさらに増す。同時に目の前の汐里が緊張した面もちになっていることに気がついたが、もう止められない。

「もう、すべてがあなたのものですわ……んくぅ、くふぅ、総一郎のお粗末なオチ×チンなんて、思い出せないのッ。もう優二さんのことしか考えられないわぁッ、愛してる、あなたぁ、あなたぁ……んんんんッ」

美代子の叫びに、耐えられなくなったように優二が抽送を開始した。半端なところで押し止められていた腰を、いきなり美代子の尻に叩きつける。

「おっほぉ、おおっ、おおおおんッ」

（き、来た。これが最高なの。お尻を突き壊す動きがいいのッ）

直腸と結腸を一気に刺激され、美代子の喉から獣の叫びが迸る。その吼え声をさらに増幅させるように、前後運動が行われる。身体を底から揺らされ、美代子はもはやなにも考えられなかった。

「す、すごい、あなたのおチ×ポすごいぃ」

肛門に塗り込められた痛痒の薬が、優二のペニスを通じて腸壁にも滲んできている。肉茎が尻穴を摩擦するたび、美代子の性感は狂おしく増していった。

「くくっ、聞いてるか、汐里。美代子はお前のパパに不満たらたらだったらしい」

「う……うん、お母さん……」

「ひィッ、ごめんね、汐里、ごめんね。でも総一郎さんは、こんなセックスしてくれなかったのよぉっ。あの人は、優しいだけだった！」

「お父さんが……」

汐里はぶるりと頭を振ったが、しかしそこに美代子を軽蔑する色は現れない。そのあどけない顔には、ただ、同じ男に魅入られた者を思いやる熱があった。

「あ、新しいパパに、優二さんに……全部任せるの、私も、あなたも、生まれてくる赤ちゃんのことも……あああぁッ」

「いい心がけだなッ、すっかり俺の牝奴隷だ。いいぞ、美代子ォ」

優二のピストンが激しさを増す。美代子の腸壁を殴りつけるように腰を打ちつけ、もはや妊婦とのセックスとは思えないほどに突き上げる。

「生まれてくる子供も俺のものだぞッ。お前や汐里が産んだ子供は、全員俺の下僕になる運命だ」

「はひぃ、はぁ、はいぃ……あなたの好きになさってくださいッ。で、でも」

美代子は全身をくなくなと震わせながらも言葉を紡ぐ。

「でも……私のことも、ずっと可愛がってほしいッ」

それを聞いた優二は高笑いをあげた。

「まったく淫らなママもいたもんだ。安心しろ、お前は俺の女だ……俺が心から奪いたいと思った最初の女だからなッ」

そして全力の力を籠めて、美代子の腸壁を殴りつける。

「くひぃ、ひぃ、イク、イクぅ、優二さんっ……」

「おらイけっ、ケツ穴でイキ狂って、腹の中の子供にも絶頂を教えてやれッ」

本気の力で腰を打ちつけられるのと同時に、思いきり尻を叩き上げられて美代子は悶絶した。腹の奥底から強い波が押し寄せ、美代子の全身を包んでいく。

「ああ、ああ、あああぁぁッ」

美代子の意識が白くなる。肉体を襲う強い絶頂に、体と心がばらばらになる。

「くぅおっ、出すぞォ、美代子……尻でも妊娠しろッ」

「はひぃぃっ、ひぃ……ひぃいいいいぃっ」

しかし散りかけた意識は、獰猛な腸内射精の感覚で再び現実に立ち返る。

「お尻ぃ、お尻、灼けちゃうぅッ」

白濁が激しい勢いを持って太い線となり、美代子の腸壁を焼き尽くしていく。

(し……し、死んでしまう。気持ちよくて死ぬ)

何カ月も得ていなかった圧迫と満足感に支配され、深い絶頂に軽い死すら意識する。美代子はあまりに強いオーガズムに包まれていた。

「んひ……ひぃ、ひぃ……」

優二の射精は長かった。粘つく牡汁を何度も何度もペニスを震わせて吐き出し、そのたびに腰をゆるゆると振り立てて、一滴残らず美代子の肛門に放ちきるつもりのようだった。

(全部、全部私の中に出しつくして)

「ああん、パパ……」

そのねちっこい射精を見て、ずっと耐えていたのだろう汐里が声をあげる。

「そんなにお母さんの中に出したら、私のぶんがなくなっちゃう」

「なんだ、まだ犯され足りないのか」

ようやく吐精を終えたペニスを美代子のアヌスから引き抜き、優二が弾む呼吸を押さえながら笑う。

「だって、今日はまだお尻の穴、してもらってないから」

「母子揃って淫乱だ。そうだな、また犯してほしいなら……ほら、汐里。ママにご奉仕するんだ。親子でレズ絡みして俺を喜ばせてみろ」

優二に命じられ、未だに動けずヒクヒクと痙攣する美代子に汐里が近づく。

「あ……う、汐里、なにを」

「お母さん……んッ」

汐里は腹這いになり、精液まみれの美代子の尻の谷間に口をつけた。熱い舌で、肛門から逆流した白濁をぺちゃぺちゃと舐め取っていく。

「んふぅっ……いやよ、汐里。お尻の穴は……」

「はむ……お母さんのお尻、パパの味になってる」

精液をおおかたぬぐい取ってしまうと、汐里は本格的に美代子のアヌスを愛撫しはじめた。優二に犯されたせいでぽっかりと開いた肛門に舌を差し込み、その内側を舐め取るようにチロチロと舌を蠢かせる。

「あひぃ……ひぃん、くすぐったいわ……」

「んむ……お母さん、こっちも」

舌を尻穴にねじ込んだまま、汐里の指が美代子のクリトリスに回った。

クリリングで充血させられた肉芽を、娘の指が這う感触に美代子は震えた。強い刺激が一気に意識を覚醒させ、この絡みをにやにやと眺めつづける優二にも目がいく。彼の股間は、自分と娘のレズビアンショーに再び熱を持ちはじめていた。

(だめ……汐里にはあげられない。優二さんは私のもの)

今夜、もう一度犯されるのは私だ。そんな独占欲が美代子を襲い、慌てて腰を起こして汐里の肩を掴む。

「汐里……んんっ」

控えめな乳房の先を口に含む。娘の全身がぞわりと粟立つのを感じ取る。

(ここで汐里を気持ちよくさせて……骨抜きにしちゃえば)

汐里がへたっている間に、自分が彼に跨がるのだ。

そんな思いで、美代子は汐里の身体を押し倒す。すぐさま下腹部に頭を埋(うず)め、その自分譲りに敏感な粘膜に舌を這わせる。

「お母さんっ……あぁ、クリちゃん……舐めちゃ」

汐里の膣穴も、美代子の肛門と同じように優二の精液の残滓が残っている。

「お願い……お母さんにおチ×ポを譲って」

「……！　いや、だめ、それはだめっ」

快楽にとろけかけていた汐里が、はっと我に返る。

そして美代子のリングのはまったクリトリスに手を伸ばし、今度は容赦のない手つきでぐりぐりと刺激を与えてくる。

「あァンッ、いやよ、汐里。お願い、お願い」

「だめ、パパは私のものだから……」

二人の美しい女は快楽に取り憑かれ、邪悪な男を奪い合って競う。

すべてを手に入れた優二は、ただ笑いながらその至福の光景を眺めていた。

◉新人作品**大募集**◉

マドンナメイト編集部では、意欲あふれる新人作品を常時募集しております。採用された作品は、本人通知のうえ当文庫より出版されることになります。

【応募要項】未発表作品に限る。四〇〇字詰原稿用紙換算で三〇〇枚以上四〇〇枚以内。必ず梗概をお書き添えのうえ、名前・住所・電話番号を明記してお送り下さい。なお、採否にかかわらず原稿は返却いたしません。また、電話でのお問い合せはご遠慮下さい。

【送付先】〒一〇一‐八四〇五　東京都千代田区神田三崎町二‐一八‐一一　マドンナ社編集部　新人作品募集係

未亡人とその娘 孕ませダブル調教

（みぼうじんとそのむすめ　はらませだぶるちょうきょう）

著者◉霧野なぐも【きりの・なぐも】

発行◉マドンナ社
発売◉二見書房
東京都千代田区神田三崎町二‐一八‐一一
電話　〇三‐三五一五‐二三一一（代表）
郵便振替　〇〇一七〇‐四‐二六三九

印刷◉株式会社堀内印刷所　製本◉株式会社村上製本所　落丁・乱丁本はお取替えいたします。定価は、カバーに表示してあります。
ISBN978-4-576-20084-2◉Printed in Japan◉